이것이 법이다 187

2024년 7월 19일 초판 1쇄 인쇄
2024년 7월 24일 초판 1쇄 발행

지은이 자카예프
발행인 김관영

기획 박경무 강민구 임동관 조익현 최시준 신정윤
책임편집 최전경
마케팅지원 유형일 장민정

발행처 (주)로크미디어
출판등록 2003년 3월 24일
주소 서울시 마포구 마포대로 45 일진빌딩 6층
Tel (02)3273-5135 **Fax** (02)3273-5134
홈페이지 rokmedia.com **E-mail** rokmedia@empas.com

ⓒ 자카예프, 2015

값 9,000원

ISBN 979-11-408-2688-9 (187권)
ISBN 979-11-255-9575-5 04810 (세트)

이것이 법이다

187

자카예프 장편소설

ROK
MEDIA
로크미디어

CONTENTS

내부자들

　수사하거나 또는 뭔가를 조사할 때 무조건 감안해야 하는
게 있다. 바로 내부에 있는 또 다른 적들이다.

　그들은 지금 자신이 속한 곳에 충성심을 가진 부류가 아니
며 도리어 그중에는 이 기회를 이용해서 수익을 창출하거나
더 높은 곳으로 가려는 사람들도 많다.

　당장 특검에 들어가는 특별 검사들만 해도 진짜로 정의로
일하는 사람보다는 정치적 입지나 더 큰 목적을 가지고 일하
는 사람이 대부분이다.

　그런데 다른 사람들, 가령 그 아래서 일하는 수사관들은
어떨까? 그들이라고 욕심이 없을까? 그들이라고 해서 과연
자기 미래에 대해 관심이 없을까?

아니다. 있다. 하지만 그걸 이득을 위해 어떻게 쓸 것인가에 대해서는 생각이 많다.

"당장 이번만 해도 그렇지."

이번 사건에서 핵심은 자료의 유출의 확인. 그런데 그 과정에서는 필연적으로 개발 정보에 접근할 수밖에 없다.

"설마?"

"어, 하긴."

"물론 투입된 사람이 다 그런 건 아니겠지. 하지만 일부는 그에 혹할걸."

"하지만 그걸 지금 조사하는 건 무리 아니에요?"

일단 수사관 중 누군가가 그걸 보고 투자나 개발 정보를 얻었다고 해도 지금 서슬 퍼런 눈으로 특검 중인데 자기나 주변 인물 이름으로 땅을 사거나 투자하기는 힘들 거다.

"하지만 말입니다, 다른 방식으로 수익을 낼 수는 있지요."

노형진은 오광훈과 홍보석에게 아주 당연하다는 듯 말했다.

"지난번에 기억하시죠? 입구에서 시간을 질질 끌면서 돌입 안 하던 거."

"네."

"그게 우연은 아니라고 했지."

그냥 영장도 아니고 전 국민의 관심을 받는 특검이다. 그걸 일부가 막고 들어가지 못하게 한다고 영장을 집행 못 한다는 건 말이 안 된다.

"확실히 노 변호사님이 그들 뒤에 누가 있을 거라고 예상하기는 했죠."

"맞아."

"하지만 그 당시에 네가 다그쳤다면 그냥 밀고 들어가지 않았을까?"

"그러겠지."

아무리 자신들에게 은밀하게 요구하는 놈들이 있다고 해도 당장 눈앞에 권력자가 있는데 그의 말을 무시하고 시간을 보내지는 않았을 거다.

"그렇지만 난 그냥 방치했고 그놈들은 세월아 네월아 하루 종일 말싸움만 했지."

노형진은 그걸 보면서 그들의 뒤에 누군가가 있다고 확신했고, 그 때문에 그에 맞춰서 이미 함정을 판 상태였다.

"그래, 그래서 이해가 안 가는 거야. 왜 그냥 두는 거야? 너라면 충분히 그들을 몰아낼 수 있는데?"

"일단 세 가지 이유가 있어. 첫 번째, 그래 봤자 어차피 외부에서는 끊임없이 포섭할 거라는 거. 네가 범죄자를 잡는다고 해서 범죄자가 안 생기디?"

그 말에 오광훈은 고개를 끄덕거렸다. 물론 그들을 쫓아내 낸 후에는 새로운 놈들이 올 테지만 그들이 완벽하게 깨끗할 거라는 보장은 어디에도 없다.

"두 번째, 그렇게 되면 업무에 대해 새롭게 알아야 하니 그렇잖아도 부족한 특검이라는 형태의 수사에서 시간이 더 부족하겠지."

"그건 노 변호사님 말이 맞네요. 아무리 수사관이라고 해도 기존의 자료를 확인하고 파고들 준비를 하려면 못해도 일주일은 확인해야 하니까요."

"맞습니다."

드라마나 영화에서는 수사관들이 스펙터클하게 격투하고 온몸을 던져서 범죄자를 잡지만, 현실에선 범죄자를 잡는 시간보다 그걸 확인하고 잡은 후에 서류 작업하는 시간이 더 많다.

하물며 특검인데 그 서류 작업을 하려면 기존 수사 진행 상황에 대해 인수인계도 해야 하고 아무리 못해도 1주, 최악의 경우 한 달은 걸릴 거다.

"그걸 막겠다고 검사가 모든 서류 작업을 할 수는 없는 거 아닙니까?"

"그건 그래요."

"마지막 세 번째는?"

"세 번째는 이번 문제야. 지금 우리는 내부의 적들과 싸우고 있지. 그래서 외부의 적들과 싸울 핑계가 부족해."

"응?"

"정보를 빼돌려서 미리 투자해서 부당한 이득을 취할 놈이 넘쳐 나. 그런데 지금 우리 특검은 지금까지 외부가 아니라 내부의 적에 대해서만 조사하고 조져 놨지."

자원을 빼돌리거나 콘크리트에 물을 타거나 뇌물을 받고 면허도 없는 곳에서 설계도를 받거나 하는 행동들.

어찌 되었건 그건 국민들에게 공분을 사는 행동이기는 하다.

"하긴 그런 행동들은 기본적으로 사람들의 목숨을 가지고 장난치는 꼴이니까."

"그렇죠. 그런 놈들은 사실 살인미수죄를 적용하고 싶다니까요."

'설마 건물이 무너지지는 않겠지?'와 '에이, 설마 건물이 무너져서 사람이 죽겠어?'는 완전히 다르다.

전자의 경우 건물이 무너지지 않게 최선을 다하지만 후자의 경우는 '안 무너질 테니까 내가 좀 빼돌려도 괜찮겠지.'로 연결된다.

"하긴 검찰의 입증책임이 그게 문제야."

"네, 어찌 되었건 법에는 원칙이라는 게 있으니까요."

그리고 법적으로 '건물이 무너져서 사람이 죽겠어?'와 '어쩌다 건물이 무너져서 사람이 죽어도 어쩔 수 없지. 내 알 바임?'은 또 다르다.

문제는 이 차이가 엄청나게 크다는 거다.

전자의 경우는 아무리 법을 적용해 봤자 뇌물 수수 또는 업무상 배임 정도일 뿐이다. 현실적으로 진짜 건물이 무너져서 사람이 수백 명이 죽어도 전자의 경우는 제대로 된 처벌이 힘들다.

죄를 최대한 입증한다고 해도 5년 이하 금고 2천만 원 이하 벌금인데, 죄를 입증하는 게 쉽지 않기 때문에 대부분 벌금이고 진짜 큰 사건이어야 그나마 1년에서 2년 사이의 금고가 나온다.

그에 반해 후자, 즉 '건물이 무너져서 죽어도 내 알 바 아님'의 경우는 법에서 별도로 부작위에 의한 살인으로 처벌한다. 그리고 부작위에 의한 살인은 미필적 고의에 의한 살인이라고도 한다.

자기가 해야 하는 일을 사망이 발생할 가능성을 인지했음에도 안 했다는 건데, 문제는 이 '사망이 발생할 가능성을 인지'했다는 부분이다. 사건이 누구나 발생하면 '설마 사람이 죽을 줄은 몰랐다.'라고 하지. '사람이 죽을지도 모르지만 그래도 했다.'라고는 안 하니까.

그렇기에 대부분은 미필적 살인이 아니라 업무상 횡령이나 배임같이 상대적으로 가벼운 처벌을 받았다.

"뭐, 이제는 그런 말장난으로 장난을 못 치겠지만."

전에는 그렇게 두둑하게 빼돌린 후에 모르쇠를 해도 어떻게 할 방법이 없거나 주택공사가 뇌물 받고 모른 척했지만, 이제는 노형진이 그 책임자에게 구상권 청구를 하지 않는 것은 형사처벌 및 그로 인한 손실에 대한 손해배상을 청구하는 대상이라는 식으로 일을 처리한 덕분에 주택공사에서는 기겁하면서 부패한 사람들과 원자재를 빼돌린 사람들에게 구상권 청구를 하는 중이었다.

이 구상권이라는 게 빼돌린 원자재 값을 토해 내라는 게 아니라 말 그대로 부실 공사로 인해 아파트를 철거하고 새로 짓는 경우에 그 돈까지 토해 내라는 거라 요즘 부실 건설 아파트에서는 주택공사 직원에서 현장 관리소장까지 하루가 멀다 하고 자살이 이어지고 있었지만 누구도 그들을 불쌍하게 생각하지 않았다.

그들이 돈을 해 처먹을 때는 그 건물이 무너져서 누가 죽어도 신경 쓰지 않았으니 입주민들이 그들에게 신경을 쓸 이유가 없다.

"확실히 방법은 하나뿐이네요."

그 민사소송과 구상권 청구에서 벗어날 방법은 하나뿐이다. 위에서 시켰다는 걸 입증하는 것.

자기가 먹지 않고 상부에서 시킨 걸 입증하면 구상권은 청구받지 않으며 모든 책임은 상부가 진다.

"지금이야 뭐, 아랫사람들이겠지만 조만간 윗놈들도 죄다 끊임없이 번지점프 하겠네."

오광훈은 그들이 죽든 말든 신경도 쓰지 않는다는 듯 피식 웃었다.

"뭐, 그건 나중 문제지."

"그건 그래요. 그나저나 아까 말하던 건 어떻게 되는 건가요? 내부에 그 적이 있다는 거에 대해서."

"그렇잖아도 그 문제의 해결책은 간단합니다. 이걸 터트릴 겁니다."

"네?"

"솔직히 말해서 부당하게 정보를 빼돌려서 돈 번 놈들이 부실 공사의 원흉 중 한 명 아닙니까? 직접적으로 장난친 건 아니지만."

"그건 그렇죠."

예를 들어 어떤 아파트를 짓는 데 평당 1억을 배정했다고 치자. 그러면 그 아파트 값에 가장 큰 비중을 차지하는 건 무엇일까?

당연히 땅값이다.

사실 철근을 빼돌리고 콘크리트에 물을 타고 별짓을 다 해도 땅값은 못 이긴다.

"두 배 세 배 올리는 건 뭐, 예사고 열 배씩 올려 받아 처먹는 놈도 있으니."

총비용을 한 평당 1억을 잡았는데 갑자기 땅값이 열 배가 뛴다고 하면 어떻게 될까? 과연 그걸 뒤집을까? 개인 사업도 아닌 국가사업을? 그렇다고 그걸 압류할까?

당연히 그걸 그 땅값만큼 예산이 늘어나거나 다른 곳에서 줄어들 수밖에 없다.

"그런 정보를 사서 땅을 사는 놈들은 이런 재건축 비리랑은 또 상관없단 말이지."

"확실히 그러네."

건물을 올릴 때 콘크리트나 철근을 빼돌려서 이득을 취하는 놈들? 규모로 보면 사실 그런 놈들은 잡범에 지나지 않는다.

"하지만 그걸 증명하기 애매하잖아요? 애초에 처벌하기도 애매하고."

홍보석은 떨떠름하게 말했다.

그도 그럴 게 수십 년간 그런 범죄가 계속 발생하고 있지만 단 한 번도 막힌 적이 없다. 구조적으로 그걸 막기 위해서는 아주 강력한 재산권 행사의 제한을 걸어야 하는데, 그러면 심각한 문제가 되기 때문이다.

"그게 문제이긴 하지. 불법이라고 보기도 애매하고."

정보를 빼내는 것은 불법이 맞다. 하지만 그것과 별개로 땅을 거래하는 것은 불법이 아니다. 내가 몰랐다고 딱 잡아떼면 정부 입장에서도 그걸 어떻게 할 수가 없다.

"그럴 때는 돈을 빼앗는 건 중요하지 않아."

"그게 무슨 소리야?"

노형진의 말에 오광훈이 고개를 갸웃했다.

"돈을 빼앗는 게 중요한 게 아니라니?"

"사람들이 많이 착각하는 게 뭔지 알아? 강한 처벌이야말로 범죄를 막는 가장 강력한 수단이라는 거야."

"그게 틀린 말은 아니잖아?"

"아니, 틀린 말이야. 아주아주 틀린 말이지."

"뭐?"

"실제로 오랜 연구 결과로 나온 거야. 강력한 처벌로 범죄를 예방할 수는 있어. 하지만 그건 어느 정도까지만 가능해."

"어째서?"

"범죄자들은 미래에 대한 개념이 없거든."

그래서 미래에 자신이 잡힐 거라는 것에 대해서는 생각도 안 한다.

"중세에는 그래서 소매치기를 목을 자르는 걸 구경하는 곳에서 다른 소매치기가 도둑질한다고 하잖아."

그래서 실제로 그러다가 잡혀 올라가서 나란히 목이 잘리는 경우도 많았다고 한다.

"확실히 기억나요. 교수님께서 하신 말씀이 있어요, 범죄율의 하락은 처벌의 강도뿐만 아니라 체포율에도 영향을 받는다는."

"정확하게는 이권의 영향입니다."

"이권의 영향이요?"

"네, 이권을 챙기지 못하면 그 범죄를 저지를 이유가 없어지거든요."

"아!"

사기꾼이 사기를 치는 이유가 뭘까? 바로 그렇게 해서 돈을 빨리 벌고 편하고 그리고 화려하게 살고 싶어서다.

"그런데 한국은 기본적으로 선처 주의지요."

특히나 화이트칼라 범죄, 즉 돈이 되는 범죄를 저지르면 수십억을 해 처먹어도 잘해 봐야 3년, 길어 봐야 5년 정도만 교도소에서 썩고 나오면 화려한 삶을 살 수 있다.

손해배상? 압류? 애초에 재산을 빼돌린 후에는 아무리 법원이라고 해도 할 수 있는 게 없다.

"그런데 한국에서 사기죄가 확 줄어든 시점이 언제부터였지?"

"응? 그러고 보니."

확실히 사기죄가 과거보다는 많이 줄어들었다. 사기 공화국이라고 하는 대한민국에서 그런 일은 그다지 흔하지 않았다.

"아! 그러고 보니 그 야쿠자 회사가 개입하고 나서부터네요?"

"아, 그러네."

"맞아. 사기꾼은 사실 거의 절대다수가 재범이거든. 한 번만 사기 치는 놈은 없지."

사기를 치는 놈들은 한 번만 사기 칠까?

아니다. 백 번 이백 번, 걸리지만 않는다면 계속 사기를 친다.

"하지만 아무리 사기꾼이 간땡이가 부어도 다른 야쿠자에게서 돈을 떼어먹지 못하지."

노형진이 야쿠자에게 세우게 한 채권 추심 회사는 피해자에게서 채권을 산다. 어차피 피해자는 그 돈을 찾을 수 없다면 복수 차원에서 야쿠자에게 채권을 팔아 버리니 그들은 사기꾼에게 돈을 내놓든가 아니면 그 돈을 갚을 때까지 노동하게 한다.

문제는 그 노동 현장이 돈이 되는 방사능에 오염된 후쿠시마 일대라는 것.

실제로 사기꾼들은 사기를 쳐도 다 털리든가 아니면 후쿠시마에 끌려가서 일하다가 암이나 백혈병으로 죽는다는 소문이 나기 시작하자 사기가 확 줄었다.

야쿠자들은 한국의 채권 추심에 관한 법률 같은 거에 그다지 관심 없으니까.

"그렇잖아도 그것 때문에 사기가 줄어든 것 같더라. 하지만 부작용도 있던데."

"뭔 부작용?"

"삼합회가 비슷하게 영업을 시작한 모양이야."

노형진은 그 말에 고개를 갸웃했다.

"뭐, 그럴 수도 있겠지."

야쿠자보다 더 독한 게 삼합회다. 사기꾼을 족쳐서 돈을 뜯어낼 수 있다는데 그걸 안 할 리가 없다.

"이번 일도 마찬가지야. 그들의 이권, 즉 돈을 못 쓰게 하면 되는 거야."

"그게 방법이 없잖아요? 그들을 체포한다고 해도 딱히 어차피 집유로 짧게 나올 테고."

"사실 방법은 있습니다."

"방법이 있다고요?"

"네."

"어떻게요?"

"간단합니다. 설계만 바꾸면 됩니다."

"……?"

"때때로는 아주 간단한 방법이 있기도 하지요, 후후후."

⚖️

노형진은 송정한을 만나 자신의 계획을 설명해 줬다.

송정한은 그 말을 들으면서 고민했다.

"공원?"

"정확하게는 공원 예정지라는 거죠."

"흠…… 확실히 공원 예정지로 묶이면 아주 돌아 버리기는 하지."

"네, 어차피 지금 내부에서 정보를 팔아넘긴 놈들을 족치면 그 땅을 사거나 그 뒤에 있는 놈들이 튀어나올 겁니다."

"그리고 그들이 가진 땅을 모조리 공원 예정지로 묶어 버리자?"

"네, 맞습니다. 어차피 도시를 만들 때는 일정 이상의 공원을 만들도록 되어 있습니다."

"그렇지."

하지만 일정 이상의 공원을 만들도록 되어 있지, 그 공원을 언제 만들지, 그리고 그 공원을 어디다 어떤 규모로 할지에 대해서는 규정이 없다.

"그리고 아무리 뒤에서 장난치는 놈들이라고 해도 살 수 있는 땅에는 한계가 있죠."

"호오?"

정보를 빼돌려서 땅을 산다? 그러면 그 땅은 공원 예정지로 만들면 된다.

"그런데 이게 함정이죠."

"그렇지. 함정이지, 하하. 내가 그 생각을 못 했네."

공원 예정지라는 것은 애매한 땅이다. 실제로 도시 내부의 뜬금없는 곳에 나무가 있고 산이 있는 곳이 있다면 그곳은 공원 예정지인 경우가 많다.

때때로는 사람들이 봤을 때 '왜 여기는 아무것도 없지?'라고 말할 정도로 진짜 금싸라기 땅인데 버려진 경우 그곳은 아주 높은 확률로 공원 예정지이다.

"그런데 그런 공원 예정지는 지랄 같거든요."

일단 예정지이기 때문에 정부에서 구입할 이유가 없다. 확정되어야 구입하니까.

더군다나 그 공원 예정지이기 때문에 제3자가 사지도 못한다. 물론 살려고 하면 살 수야 있겠지만 애초에 100% 공원이 들어설 땅이고, 아무것도 못 하고 그냥 공원만 만드는 시

이것이 법이다

점에서 이미 쓸모 있는 땅이 아니기 때문에 미치지 않고서야 손해를 감수하고 그 땅을 사는 사람은 없다.

"그런데 그걸 푸는 게 쉬운 것도 아니고요."

실제로 공원 예정지로 30년 넘게 묶여 있는 땅도 있고 그 걸 풀어 달라고 주인이 소송하기도 했지만 법원에서는 예정 지를 풀어 주지 않았다. 왜냐하면 도시 개발에 관한 법률상 공원은 필수 사항이고 그곳을 풀어 버리면 아예 공원을 만들 수가 없기 때문이다.

문제는 공원이라는 게 사람들의 삶이 필수 불가결한 존재 는 아니기에 개발 순위가 한참 뒤로 밀린다는 거다.

"아마도 아주 높은 확률로 상업지 또는 아파트 단지같이 큰돈이 되는 땅을 사 놨을 겁니다."

"그러겠지."

"그리고 그곳을 모조리 공원 예정지로 묶어 버리면 환장하 는 거죠."

수백억에서 수십억으로 올라간 가격이 공원 예정지가 되 는 순간 나락으로 떨어질 거다. 그리고 공원 예정지는 제대 로 된 재산권 행사를 하지 못한다.

공원 예정지가 되는 순간 그 땅에다가 농사를 짓거나 정원 을 만들거나 집을 짓거나 하지는 못한다.

물론 공원 예정지니까 빡쳐서 자비를 들여서 공원을 만든 다고 하면야 뭐, 인정될지도 모르지만 그럴 때는 정부에서는

100% 기부 체납 형태로 땅을 내놓는 조건으로 공원을 만들라고 할 거다. 그것도 건축법상의 승인 대상이니까.

"애초에 말입니다, 부자들에게 가장 무서운 건 감옥에 가는 게 아니거든요."

어차피 돈만 있으면 집유나 무죄가 나올 테고 실형이 나온다고 해도 교도소에 돈만 주면 독방에서 느긋하게 휴가 보내다가 나올 수 있다.

"그들이 무서워하는 건 바로 돈을 잃는 것이죠."

"확실히 좋은 방법이야. 도리어 어중간한 벌금보다 나은 것 같군."

"맞습니다."

벌금이 나와 봐야 3억 정도. 부자들에게는 하루 룸살롱에서 쓰는 돈만큼도 안 될 거다. 하지만 그 땅이 모조리 공원 예정지로 묶여 버리면 손실은 3억이 아니라 수백억 이상이 될 거다.

"더군다나 이게 타격이 되는 거죠."

"타격? 단순히 돈이 묶인다는 점이?"

"대통령님께서는 이런 정보가 들어오면 자비만 투자하시겠습니까?"

"아하!"

당연히 아니다. 아무리 부자라고 해도 수백억 수천억을 현금으로 쥐고 있는 경우는 드물다. 보통은 건물 같은 부동산으로 쥐는 게 대부분.

"그러니 분명히 은행 대출 끼고 이 짓거리를 했을 겁니다."

"그렇군."

땅을 팔거나 할 수 있는 것도 아니고 그렇다고 해서 그걸로 대응책을 찾을 수도 없다. 못해도 20년에서 30년은 공원 예정지로 묶여 있을 테고 어마어마한 이자를 감당해야 한다.

"그나마 이자를 감당할 수 있다면 속은 편하겠지요."

"속이 편하다고?"

노형진은 송정한의 물음에 피식 웃었다.

"제가 가만둘까요?"

"오호?"

노형진은 특검이기는 하지만 동시에 강력한 경제 전문가이자 어마어마한 돈을 쥐고 있는 부자이다.

"제가 조금만 움직이면 은행은 무슨 수를 써서라도 재산을 회수하려고 할 겁니다."

그러면 그 땅을 산 놈은 언제 풀릴지 모르는 땅을 쥐고 망해야 한다. 아니, 현실적으로 생각하면 그마저도 지키지 못할 가능성이 크다.

"형사처벌이 아니라 도시 건설에 관한 법으로 처벌하는 방법이 있을 거라고는 생각도 못 했네."

"세상에 법은 많습니다. 문제의 대부분은 그 법에 해당이 됩니다. 다만 그걸 집행하는 게 인간이라서 문제인거죠."

"그러면 내가 해 줄 건 뭔가?"

"간단합니다. 이걸 공론화하시면 됩니다."

"공론화? 무슨 뜻인지 알겠군."

그들이 땅을 산 걸 노형진과 특검이 공원 예정지로 정할 수는 없다. 그러나 대통령이 그렇게 발견된 땅을 공원 예정지로 삼겠다고 발표하게 되면?

당연히 온갖 말이 나올 테고 현실적으로 국회가 나설 수밖에 없다.

"그리고 그놈들은 알고 있겠지요, 자기가 표적이라는 걸."

노형진은 씩 웃으며 말했다.

"과연 누가 끝까지 버티는지 두고 보자고요, 후후후."

⚖

악기태는 등골이 서늘하다 못해 요즘 미칠 것 같았다. 얼마 전 터져 나온 뉴스 때문이었다.

사실 뉴스라고 볼 수도 없었다. 다른 사람도 아닌 특검 중 한 명인 홍보석이 기자회견으로 발표한 거니까.

─특검 내부에서 정보를 빼돌려서 외부에 알린 수사관 일당이 발견되었습니다.

……라는 기자회견이었다. 은밀하게 수사하고 있다지만 그건 누가 봐도 자신이었다.

"씨팔, 좆 된 것 같은데."

처음에 특검에 선발되었을 때 그는 이 잡듯이 뒤져서 자신의 실적으로 쌓고 승진하려고 했다. 특검이 되었다는 것 자체가 실력이 인정받았다는 소리니까.

하지만 그런 그에게 접근한 변호사는 그에게 정보를 넘기는 조건으로 평생을 일해도 꿈도 꾸지 못하는 돈을 제시했다.

처음에는 고민했다. 하지만 결국 승진해도 높은 곳으로 가는 데에는 한계가 있었고, 그보다 더 많은 돈을 준다는 말에 악기태는 홀랑 넘어가서 정보를 흘리고 그들을 위해 일했다.

그런데 그게 어디서 새어 나갔는지 이미 상부에서 알아채고 그들을 추적하고 있었던 것.

설마 자기 내부에 당연히 배신자가 있을 거라고는, 그들은 생각하지 못했다. 노형진에게는 너무나 당연한 가정이었지만 그들에게는 그게 당연한 것이 아니었기 때문이다.

물론 악기태를 비롯한 배신자들이 알지 못한 건 아직 특검이 배신자가 누군지 모르고 있다는 것이었다. 하지만 그것과 별개로 그들이 뭘 하든 추적하는 건 어려운 일이 아니었다.

애초에 특검이 수사할 필요조차도 없었다.

"도대체 어떤 새끼야!"

"내부에 배신자!"

"어떤 새끼가 배신을 한 거냐고!"

특검에 왔다는 것. 그건 실력이 있고 미래가 약속된 사람들이라는 소리다.

그런데 그런 처지에서 한순간 배신자이자 이 틈을 타서 사람들을 등쳐 먹는 사기꾼로 바뀐 현실에 특검 내부의 수사관들의 눈이 돌아갔으니까.

"의심스러운 놈 없습니까?"

"너무 많아서 탈이지. 알잖아, 여기서 서로 아는 사이 아니라는 거."

특검은 한 곳에서만 사람을 보내지 않는다. 그렇기에 다들 실력은 쟁쟁하지만 서로에 대해서는 잘 모른다.

"어떻게든 잡아야 해. 그 새끼들이 못 잡으면 무슨 꼴 날지 알지?"

"네, 팀장님."

범인을 잡지 못한 채로 특검을 종료하고 본청으로 돌아가면 여전히 배신자라는 꼬리가 따라다닐 거다.

그리고 그러한 꼬리를 단 이상 내부에서 중용되기는 글렀다고 봐야 한다.

즉, 커리어가 끝장난다는 소리다. 그걸 알고 있는 수사관들에게 있어서 이번 사태는 심각한 일이었다.

"야! 악기태, 너 어디 갔다 와?"

"그 담배 피우고 왔습니다."

"새끼야, 요즘 뒤숭숭하니까 둘 이상 움직이라는 소리 못 들었어? 어디다 핸드폰 하고 온 거 아니야?"

"아닙니다."

"너 의심스러워."

"네?"

"너 지난번에 돌입할 때도 뭉그적거렸잖아?"

"아닙니다."

"그래? 하지만 너 요즘 씀씀이도 헤프고."

실력이 좋은 사람들이었기에 당연히 빠르게 의심스러운 대상들을 추리고 있었고, 당연히 악기태는 그 안에서 빠르게 특정되고 있었다. 그 사실을 아는 악기태로서는 절박하게 저항할 수밖에 없었다.

"아, 씨팔. 나 아니라고 했잖아요!"

"뭐? 이 새끼가 정말?"

"아니라고요! 도대체 몇 번 말해야 합니까!"

악을 쓰는 악기태.

"너 지금 개기냐?"

"아니, 보자 보자 하니까 해도 너무하네. 악 형사가 뭐 뇌물 받았다는 증거 있어요?"

"맞아요. 악 형사가 뭔가 했다는 증거도 없이 지금 뒤집어 씌우는 겁니까?"

그러자 갑자기 몇몇 사람이 악기태의 편을 들어 주면서 목소리를 높였다.

"뭐? 야, 이 새끼야? 내가 지금 우리끼리 잘 살자고 하는 거야? 아니잖아? 내가 같이 다니라고 했어? 상부의 지시 사항 아니야! 상부의 지시 사항!"

내부에 간자가 있을 수 있다는 의심에 혹시나 수사 기록을 외부에서 몰래 보낼지도 모른다는 사실에 만들어진 규정. 무조건 두 명 이상 움직여라.

"씨팔. 담배도 좀 피우고 그럴 수도 있지."

"딴 때는 담배 피운다고 우르르 몰려다니는 새끼들이 갑자기 혼자 담배 피운다고 설쳐?"

"상황이 답답하면 그럴 수도 있는 거 아닙니까? 우리가 무슨 이등병 새끼들도 아니고."

뒤숭숭한 분위기. 순식간에 패거리가 만들어지기 시작하고 자연스럽게 분위기가 딱딱해지는 그때. 갑자기 문이 열리면서 누군가가 들어왔다.

"뭐 하는 짓거리들이지?"

"아닙니다, 검사님."

오광훈이 들어오자 눈을 피하는 사람들.

"그렇잖아도 바빠 죽겠는데 말이지. 놀 시간 있으면 한 자라도 더 봐."

"네, 오 검사님."

"아, 그리고 새로운 이야기가 조만간 나올 것 같으니까 너희들도 알고 있어."

"무슨 이야기요?"

"불법적으로 정보를 사들여서 땅을 사거나 한 놈들이 가진 땅은 모두 국가에서 공원 예정지로 결정할 거다."

"네?"

"그거 불법 아닙니까?"

"불법은 아니지."

확실히 그건 애매하다. 공원은 법적으로 필요하고 그게 어디가 되는지는 보통 랜덤이니까.

그래서 진짜 주인이 공원 예정지가 되어 버리면 반쯤 미친다. 돈이 수십억 또는 수백억이 날아가는 거니까.

"그런 면에서는 차라리 그게 다행인 거 아닌가?"

선량한 피해자가 아닌 범죄를 저지른 놈들의 땅이 공원 예정지가 된다면 사람들은 도리어 만세를 부를 거다.

"알겠습니다."

"그러니까 수사 대상으로 분류하고 있어."

딱딱하게 말을 자른 오광훈은 고개를 돌리면서 피식하고 웃었다. 그러고는 그대로 노형진의 사무실로 올라갔다.

"형진아."

"응?"

"네 말이 맞는데?"

"뭐가?"

"알게 모르게 패거리가 나뉘기 시작하더라고."

"그렇지? 그중에서 의심스러운 놈들이 있을 테고."

"맞아. 어떻게 알았냐?"

"인간은 패거리를 만든 게 너무 당연한 거거든."

목적에 따라, 그리고 자기보호를 위해 인간은 패거리를 만들고 그 안에서 움직인다.

"그런데 이 상황에서 패거리가 만들어진다면 아마도 두 가지 목적이 큰 영향을 미치겠지."

자신의 죄를 감추고 싶어 하는 놈들과 배신자들을 찾고자 하는 놈들.

"그 둘은 서로 엮일 수가 없어."

왜냐하면 그 목적성이 완전히 정반대이기 때문이다. 한쪽은 죄를 감춰야 하고 다른 한쪽은 죄를 터트려야 한다.

"아하! 그래서 패거리가 만들어진다고 한 거구나?"

"맞아. 수사할 필요조차도 없지."

물론 서로가 서로의 배신을 알지는 못할 거다. 하지만 목적이 같으면 사람들의 행동은 비슷해지기 마련이다.

"악기태 그 인간이랑 패거리 만든 사람들이 많아?"

"한 20%쯤 되는 것 같더라."

"생각보다 많네."

오광훈의 말에 노형진은 눈을 찡그렸다. 어느 정도 예상은 했지만 생각보다 많았으니까.

'이번 특검이 그만큼 위협이 된다는 소리겠지.'

확실히 이번 특검은 과거와 다르다. 과거에 특검이라고 해봐야 적당히 꼬리 자르기식으로 몇 명만 감옥에 보내고 끝이었기에 대부분의 특검은 결국 실패라는 소리를 들었다.

하지만 이번 특검은 단순히 꼬리 자르기가 아니라 방치하는 놈들에게도 그 책임을 묻고 있기에 진짜 범죄자의 숫자가 하염없이 늘어나고 있었고, 특히 주택공사 측은 사람이 너무 많이 잡혀 들어가서 일할 사람이 없다고 할 정도였다.

"그런데 악기태가 진짜로 범인 맞아? 그날 돌입할 때 뭉그적거린 건 사실이지만."

"범인 맞아. 내 개인적인 정보 라인으로 들어온 사실이야."

그 말에 오광훈은 고개를 끄덕거렸다. 노형진의 정보 라인이 믿을 만하다는 건 누구나 다 아는 사실이니까.

물론 진짜로 정보 라인으로 정보가 들어온 건 아니다. 노형진이 악기태와 개인적으로 접촉했고 그에게서 기억을 읽어 낸 것이니까.

"잘 살펴. 악기태와 패거리인 놈들이 범인일 가능성이 크니까."

그들은 스스로를 지키기 위해 뭉치고 있겠지만 아마 그게 스스로를 특정하는 증거가 될 거라고는 꿈에도 생각하지 못하고 있을 거다.

"그나저나 이제 슬슬 저쪽도 움직일 텐데."

"하긴, 권력 좀 가진 놈들이니."

공원화 계획에 대해 이미 정보를 얻고 회의하고 난리도 아닐 거다.

"자, 그러면 어떻게 나오는지 두고 보자고, 후후후."

"사실 뻔한 거 아니야?"

"뻔하지. 그러니까 재미있는 거 아니겠어?"

자기들이 어떻게든 살아 보겠다고 발악하는 걸 슬며시 밟는 것도 나름의 재미가 있었기에 노형진은 기대감에 미소를 지었다.

재건축을 하거나 신도시를 하거나 새로운 땅을 개발할 때 그곳에 대한 정보에 가장 밀접하게 접근하고 또 가장 많은 관심을 가지는 곳은 어디일까?

당연히 건설사다. 건설사 입장에서는 어떻게든 돈을 벌어야 하고, 땅을 싸게 살수록 그 수익이 높아지기 때문이다.

그렇기에 땅을 은밀하게 사는 곳 중에서 건설사를 빼먹을 수가 없다.

"젠장, 뭐라고? 공원화?"

"네, 송정한 대통령이 그걸 발표할 거고 국회에 관련 법률을 요구할 거라고 합니다."

"미친 거 아니야? 공원화하면? 우리를 싹 다 죽이겠다는 거야 뭐야!"

다선건설은 한국에서 나름 유명한 건설사였다. 얼마 전에 부도가 난 아파트 쪽에서 유명했던 동토건설과 달리 사무용 건물 쪽에서 나름 유명했던 곳이었다.

그러나 최근 다선건설은 위기에 빠져 있었다. 애써 지은 사무실들, 특히 최근 인기가 있던 지식산업 센터 계열이 계속해서 미분양 사태가 벌어지는 데다가 그와 관련된 관련자들이 죄다 잡혀 들어가면서 뒤통수가 근질근질했기 때문이다.

"우리에 관해 분 놈들은 없지?"

다선건설의 대표인 종우람은 꺼림칙한 얼굴로 확인하듯 되물었다.

"다행히 없습니다."

"건물들은?"

"저희가 건물들이 당장 티가 나게 짓지는 않은 덕분에 다행히 문제가 없습니다."

"하, 씨팔. 멍청한 동토건설 새끼들. 도대체 얼마나 빼돌린 거야?"

"건물이 뭐, 쓰지도 못할 정도라고 하니……. 차라리 그 부분에서는 저희는 다행입니다."

동토건설은 건물을 워낙 날림으로 지어서 부도가 났지만 다선건설은 최소한 그런 짓은 안 했다.

아니, '못 했다.'라는 표현이 맞을 거다. 업무용 건물들은 기본적으로 내부에 여러 가지 장비가 들어가는 걸 감안하고 설계해야 하다 보니 하중이 일반 주택의 몇 배나 들어가기 때문에 콘크리트에 장난치거나 철근을 빼돌리면 바로 티가 난다.

더군다나 입주사들 중에는 건축 관련 업체들도 많은데, 그 중에는 검사 장비도 보유한 곳이 꽤 돼서 섣불리 장난칠 수가 없었다.

결정적으로 개인과 다르게 기업의 경우는 소송할 때 버틸수 있는 여력이 있는 곳도 있기에 부실 공사로 인한 반작용이 너무 심했다.

하지만 그것과 별개로 다른 방식으로 돈을 버는 게 가능했다. 바로 땅을 몰래 사서 비싼 가격에 파는 것.

지식 산업 센터, 속칭 지산들은 상업지에서 만들어지는 경우가 많기에 그렇게 잘만 지어서 팔면 수백억을 벌 수 있었다.

문제는 그 땅을 선점하고 그곳에 건물을 올리는 것.

몇 동씩 올라가는 아파트와 다르게 밀집된 형태의 지산은 많아야 두 채의 건물이 끝이라, 넓기는 하지만 넓은 게 아니었기에 최대한 수익률을 당기는 게 목적이었다.

"그것까지는 좋은데……."

그러기 위해서는 목 좋은 땅을 잡는 게 우선이기에 그 과정에서 미리 자리 좋은 곳의 땅을 사는 건 어찌 보면 필수였다.

"그 악기태 그 새끼는 뭐래?"

"TV에서 홍보석이 기자회견한 이후로 소식이 끊겼습니다."

"씨팔 새끼. 우리가 수사 정보를 넘기라고 돈 준 거 아니야? 최소한 우리 쪽에 오는 수사는 커트해야 할 거 아냐? 우리 쪽에 자료 넘긴 새끼는 어때?"

"아직은 멀쩡하게 주택공사 측에 다니는 모양인데 한 번 소환되어 갔답니다."

"소환? 걸린 거야?"

"그건 아니고 거의 모든 직원이 일상적으로 소환되고 있답니다."

"미치겠네, 씨팔."

자신의 목을 조이는 이 상황에 종우람은 입술이 바짝바짝 말랐다. 그러나 자신의 점점 절망이 다가오고 있다는 것을 그는 느낄 수 있었다.

"좆 된 것 같은데, 씨팔."

그의 눈에 점점 불안 그리고 광기가 가득 차고 있었다.

⚖

송정한의 공원화 계획 발표.

그건 당연히 극렬한 반대에 부딪혔다. 그리고 노형진의 계획에는 그것 역시 포함되어 있었다.

"민주수호당의 지거산 의원은 국토개발위원회 소속으로 업무를 진행하던 중 관련 업체로부터 30억의 정치자금을 후원받았으며 그들을 위해 특혜를 내준 것으로 드러났습니다. 원래 도로로 포함된 땅의 점용 허가를 내주는 것으로……."

홍보석의 기자회견을 보면서 오광훈은 피식 웃었다.

"국회의원들이 자기들이 멀쩡할 거라 생각했나 보지?"

"당연한 거 아냐?"

국회의원이 가장 가고 싶어 하는 곳 중에 하나가 바로 국토개발위원회다. 왜냐하면 전국의 모든 개발 정보에 접근할 수 있으니까.

당연히 받아 처먹은 게 있는 국회의원들은 길길이 날뛸 수밖에 없었고 그걸 수사하는 건 어려운 일이 아니었다.

그리고 그렇게 두 명쯤 터져 나가자 국회의원들은 공원화를 막겠다는 생각도 하지 못한 채로 일단 동의표를 던지자고 생각하기 시작했다.

"정치질이 목적인데 결국 자기가 살아야 정치라도 하는 거니까."

건설사가 망하는 거? 사실 국회의원에게는 중요하지 않다.

"절대다수의 국회의원들은 나라가 망하든 말든 자신이 권력을 잡는 게 더 중요하지. 일제강점기로 돌아가면 아마 너도나도 일본에 항복문서에 도장 찍겠다고 난리 피울걸. 하물며 나라가 망해도 그 지랄인데 남의 회사를 망하게 하는 거야 뭐."

노형진이 어깨를 으쓱하며 말했고, 오광훈도 인정한다는 듯 고개를 끄덕거렸다.

"남은 건 이제 특정하는 것뿐이네?"

"맞아. 특정하는 것뿐이지."

"그러면 어떻게 특정하려고?"

"간단해. 땅 사야지."

"응?"

"땅을 산다고? 미쳤어?"

"아니, 안 미쳤는데?"

노형진이 당연하다는 듯 말했다.

"그놈들이 땅을 자기 명의로 사겠어? 그리고 말이야, 특검이 얼마 안 남았잖아?"

"끄응, 그건 그래."

아무리 가열하게 수사한다고 해도 특검이라는 것 자체가 한계가 명확한 영역이다. 왜냐하면 시간이 정해져 있기 때문이다.

"그러니까 그걸 대응할 수 있는 새로운 방법을 찾아야지."

"어떻게?"

"너 말이야, 이런 사건에서 자기 명의로 땅 사는 사람이 얼마나 되는 것 같아?"

"거의 없지?"

자기 명의로 땅을 사는 사람은 거의 없다. 왜냐하면 관련 자가 자기 명의로 산다고 하면 수사가 들어오기 때문이다. 설사 관련자가 아닌, 정보를 빼돌려서 땅을 산 사람이라고 해도 한 사람이 갑자기 땅을 10만 평씩 사들이면 그에 관해 의심하고 그 뒤를 캐는 게 당연한 일.

"그래서 이런 토지 거래에서의 핵심은 말이야. 차명 거래야."

차명으로 땅을 사고 추적을 막는 것. 그게 수법이다.

"확실히 이번 사건에서 그런 게 많이 나오기는 했지."

관련된 자만 수만 명이고 하나같이 친인척의 이름을 땅을 샀다. 사촌에서부터 사돈의 팔촌까지 안 걸리려고 온갖 발악 을 했다.

"자, 그러면 이들이 땅을 팔면 그 수익은 어디로 갈까?"

"글쎄? 어디로 가는데?"

"당연히 정보를 넘긴 놈들에게 가겠지. 그런데 너도 토지의 소유주가 실제 소유주인 것으로 가정하는 법률에 대해 알지?"

"알지?"

"그런데 왜 그런 걸 사람들이 못 쓸까?"

"응?"

그 말에 오광훈은 고개를 갸웃했다. 그러나 이내 쉽게 이 해가 갔다.

"이길 수가 없으니까."

"정답. 정확하게는 법적으로는 이길 수 있을지 몰라도 그

후에 벌어질 보복에서 살아남기는 힘들지."

어떻게든 가진 자들이 보복할 거다.

"그런데 그 땅에 대한 소유권을 돌려 달라고 소송하면?"

"아하!"

당연히 그에 따른 소송을 하는 순간부터 그 땅에 대한 정보를 얻었다는 사실을 인정하는 꼴밖에 안 된다.

"하지만 그건 당사자 간의 문제잖아?"

"당사자의 문제가 아니면 되는 거지."

"어떻게?"

"이건 검사가 아니라 변호사의 영역이니까 기대해 봐, 후후."

노형진은 자신 있게 말했다.

⚖

얼마 후 새론에서는 언론과 새로운 인터뷰를 했다. 그건 다름 아닌 부동산 거래에의 기망 행위에 관한 인터뷰였다.

기망 행위란 부동산 거래를 할 때 상대방을 속이는 행위를 말한다. 그리고 이러한 기망 행위에 관해 새로운 이론을 내놓는 것이 바로 새론, 정확하게는 김성식의 책임이었다.

"기망 행위는 거래에 대한 신의성실에 대한 판단입니다. 그런데 말입니다, 그 땅이 재개발된다는 정보를 이미 습득한 상황에서 차명 거래하는 거라면 어떨까요?"

"네?"

"그 사실을 과연 기망 행위로 볼 수 있느냐의 문제라는 거죠."

"확실히 흥미로운 이론이군요. 하지만 현실적으로 그게 기망 행위로 보기는 힘들지 않을까요?"

상대방 패널로 나온 변호사는 말도 안 된다는 듯 선을 그었다.

"재산적 가치에 대한 판단은 그 시점을 기준으로 판단하는 겁니다. 가령 어딘가를 팔았는데 그곳에서 금광이 터졌다고 해서 그곳에 대한 과거의 가치가 급상승하는 건 아니잖습니까?"

"몰래 그 땅을 조사해서 금광에 대해 알고 거래한다면요?"

"흠……."

"실제로 판례가 없죠……."

지금까지 누구도 그걸 문제 삼지 않았고, 또한 누구도 그걸 생각해 본 적이 없기 때문에 당연하게도 그와 관련된 판례도 없다.

'하여간 노 변호사는 참 머리가 좋아.'

처음에 노형진의 계획을 들었을 때 새론 내부에서도 말이 많았다. 이게 법리적으로 맞는 것인지부터 법적으로 가능한 것인지까지.

그럼에도 불구하고 새론이 소송에 나서기로 한 이유는 간단했다. 노형진이 '우리는 법률 연구소도 아니고 대법원이나 헌법재판소도 아니다. 가능성이 있다면 달려드는 변호사다.'

라고 했기 때문이다.

확실히 변호사라면 이런 경우에는 달려드는 게 정상이다. 왜냐, 판례가 없는 사건이라면 그 판례를 만들어서 더욱 유리한 미래로 나아갈 수 있기 때문이다.

그리고 이번 사건이 딱 그랬다.

"확실히…… 그런 거라면……."

실제로 상대방 패널조차도 그렇게 말하자 곤혹스러운 얼굴이 되기는 했다.

"이 사건은 개발 호재를 이미 구매자가 알고 있었다면 문제가 될 여지가 분명히 있습니다."

"하지만 그런 땅에서 이루어지는 거래가 한두 건도 아니고……."

"물론 그렇죠. 하지만 거의 절대다수의 거래는 개발 호재에 관련된 정보가 어느 정도 유출된 후에 이루어지기 시작합니다."

개발이라는 게 갑자기 '1개월 후부터 개발하겠습니다.' 하고 빵 터지는 게 아니다. 어느 정도 소문이 돌고, 그래서 가격이 미친 듯이 오르기 시작하고 차익을 실현하기 위해 그때부터 거래가 활발하게 이루어지기 시작한다.

길게는 20년, 짧게는 5년 전부터 이미 그 지역에 개발과 관련된 소문이 파다하게 도는 게 일반적.

"법에서 막는 건 그런 게 아니잖습니까?"

법에서 정보를 철저하게 감추는 시점은 그 이전이다. 아예 소문도 안 나는 시점.

"애초에 소문난 시점에서의 거래는 막을 수도 없고 막아서도 안 되죠."

이는 당사자들의 위험부담 이론에 가깝다. 개발된다는 말은 모 아니면 도라는 게임이다. 개발이 될 수도 있고 안 될 수도 있다는 소리다. 실제로 개발이 취소된 경우는 많으니까.

그런 경우 땅을 파는 입장에서는 손실이라 생각해서 파는 거고, 반대로 사는 쪽은 성공하면 가격이 오른다고 생각해서 사는 거다.

"하지만 한쪽이 일방적이고 불법적으로 얻은 정보를 가지고 땅을 사는 행위가 과연 합법인지에 대해 생각해야 합니다."

"글쎄요? 그걸 과연 판단할 수 있을까요? 애매한 거 아닙니까? 불법적인 정보라지만 뇌물을 주고 그 정보를 빼낸 건지, 아니면 소문을 들은 건지, 아니면 모 아니면 도라는 심정으로 땅을 산 건지."

아무도 알 수 없고 땅을 정보를 캐내서 샀다고 할 사람은 아무도 없다.

"물론 그렇죠. 하지만 다른 조건도 문제가 됩니다. 사실 문제가 되는 건 이 부분이죠."

과연 노형진이 그 사실을 몰랐을까?

아니, 안다. 그러나 알기에 이런 복합적인 함정을 판 것이다.

"어떤 거죠?"

"거래 대상입니다."

"거래 대상이요?"

"이번 특검에서도, 그간의 수많은 사건에서도 드러났지만 재개발 지역에 대한 구입은 차명으로 이루어지는 경우가 대부분입니다."

"그건 그렇지요."

"그런데 아까 시작할 때 가장 거래에서 중요한 건 신의성실이라는 겁니다. 차명 거래는 불법입니다. 즉, 애초에 차명 거래가 들어간 시점에서 당연히 이건 불법적인 거래고 신의성실 원칙 위반 아닙니까?"

노형진을 노린 맹점. 그건 바로 신의성실의 원칙이다.

거래할 때는 당사자들은 그에 맞는 서로 간의 믿음을 보여야 한다.

가령 아파트 월세를 계약할 때 개를 키우지 않겠다고 약속했는데 개를 키우는 것은 그 약속을 어긴 게 문제가 되기 때문에 계약 해지의 대상이 된다.

"그런데 차명 거래라는 것은 법에서 막고 있는 불법입니다. 일방이 불법적인 의사를 가지고 거래한 경우 그 계약은 무효라는 것이 재판부의 일방적인 판례들이죠."

"어, 그러니까……."

그 말에 상대방 패널 변호사도 심각한 얼굴이 되었다.

"확실히 그건 사실이죠."

구매자의 신분을 속인다는 것. 그것도 법에서 금지한 차명 거래를 한다는 것은 취소가 아니라 무효 소송이 될 수 있을 정도의 심각한 법률 위반이다.

"그런데 지금까지 단 한 번도, 그리고 누구도 그에 대해 문제 삼지 않았죠."

"어째서 그랬을까요?"

"사실 재개발, 아니 거대 신도시의 개발은 거의 시골 아닙니까?"

말 그대로 깡촌이라 불릴 만한 곳이 아니라면 신도시를 세우거나 거대 산업 단지를 만드는 것은 불가능하다. 도시를 밀어 버리고 도시를 세우는 건 신도시가 아니라 재건축이고, 애초에 그런 식으로는 단가가 맞지 않으니까.

"그런 시골에 사는 노인들과 피해자들은 당연히 이런 경우에 자기가 당했다는 걸 모릅니다."

자기들이 속았다고 해도 이미 팔아 버렸으니까 되찾을 수 있다는 걸 모르고 그냥 포기한다.

"법률 서비스가 공정하지 않다는 것은 의외로 오래된 난제 중 하나죠."

법률 서비스를 제공받기 위해서는 실력 좋은 변호사가 있는 도시가 절대적으로 유리하다.

그에 반해 시골은 변호사도 없고 변호사를 선임할 돈도 부족하다. 결과적으로 한정된 서비스밖에 지원받지 못한다.

"대룡에서 그러한 법률 지원 서비스를 하는 것 역시 그러한 문제에 대해 해결하기 위해서가 아닙니까?"

"그렇죠."

"그런 의미에서 봤을 때 이건 한 번은 공론화되어야 한다고 생각합니다."

물론 이것도 확실한 건 아니다. 분명 차명 거래가 불법이기는 하지만 그 효과에 대해 전 주인에 대한 거래 무효 사유인지에 대한 판례는 단 한 번도 없었으니까.

다만 차명 소유자와 차명 실권자 사이의 소송에서 재판부는 차명 소유자를 실소유자로 인정하는 방향으로 판결해 왔을 뿐이었다.

"그런데 구매자를 속이는 건 확실히 심각한 신의성실의원칙 위반인데 말이죠."

그것도 아예 계약이 무효화될 정도의 심각한 법률 위반.

"그러면 누군가는 그 소송을 해야 하지 않겠습니까?"

그리고 그곳은 새론이 될 거다.

그간 수많은 사건을 해 왔고 심지어 특검을 이끌고 있는 노형진은 새론 소속의 변호사다. 그러니 과연 그 많은 원래 땅 주인이 어디로 몰려들겠는가.

"이번에 확실하게 판례를 만들어야 한다고 생각합니다."

김성식의 말은 시청자에게 하는 말이 아니었다. 그 땅을

판 뒤 터진 개발 소식에 아까워서 땅을 치고 있을 원소유주
들에게 하는 말이었다.

"누군가는 해야지요."

이제 남은 건 기다리는 것뿐이었다.

변호사의 방식

"줄 서세요! 줄!"

"재개발 소유권과 관련해서 소송하러 오신 분들 줄 서시라고요! 아니, 거기 새치기하지 마세요!"

"새치기한다고 해서 소송이 빨라지는 거 아닙니다!"

새론의 직원들은 악을 쓰고 있었다. 하지만 그럼에도 불구하고 새론 앞의 혼잡함은 줄어들지가 않았다.

"와, 이번에 느끼는 건데 새론에서 집단소송할 때는 접수를 여기가 아닌 어디 체육관 같은 데서 해야 하는 게 아닌가 싶어요."

서세영은 반쯤 죽어 가는 얼굴로 터벅터벅 들어오며 말했다.

"야, 사건 밀렸는데 어디 갔다 와?"

"오빠, 나도 좀 살자. 오전에만 벌써 네 명이나 상담했다고."

"다들 그래."

"아니, 오빠는 하지도 않으면서?"

"나는 특검이라 지금 받으면 안 되지."

"우우."

서세영은 입을 삐쭉거리다가 회의실에 있는 의자에 그대로 주저앉았다. 그러고는 서류를 정리하던 노형진에게 질문을 던졌다.

"그런데 이렇게 피해자가 많은 거야?"

"아니야. 절대다수는 일단은 찔러보겠다는 속셈이겠지. 인간이라는 게 그렇잖아?"

차명 거래를 한 건지, 아니면 진짜로 뭔가 필요해서 산 건지, 아니면 다른 이유가 있는지 그건 아무도 모른다. 저들은 그저 팔았을 뿐이다.

"다만 소송에서 이기면 그 수익이 어마어마하니까."

"아하!"

이미 개발이 확정된 상황이다. 그리고 불법적으로 거래한 거라면 취소 또는 무효가 될 거다.

그런 경우 그 땅은 다시 자기 소유권이 넘어올 테니 그걸 다시 팔면 처음 팔 때와는 비교도 못 할 정도로 엄청난 수익을 낼 수 있을 거다.

"인간의 욕심이라 이건가?"

"맞아."

더군다나 그 땅을 자기네 동네 사람이 산 거라면 이해라도 하겠지만 어차피 다시 볼일도 없는 외부인이 샀다? 그러면 한번 찔러보는 것도 나쁘지 않다.

제대로 찔러서 만일 진짜로 차명 거래를 한 거라면? 그때는 잭팟이 터지는 거다.

"나 같아도 어떻게든 소송하려고 하겠다."

그렇기에 전국에서 모조리 몰려드는 게 당연한 일.

"그런데 하필이면 왜 우리야?"

"전문가가 없잖아. 판례도 없고."

그러니 그나마 잘할 만한 곳을 찾아야 한다. 그런데 새론이 가장 먼저 문제 제기를 했으니 당연히 그 준비가 가장 잘 되어 있을 거라 생각하는 거다.

"그런데 이게 우리랑 무슨 관계가 있는지 나는 지금 전혀 모르겠거든."

서세영이 책상 위에 축 늘어지면서 의문을 표했다.

"특검이랑 연관된 건 알겠는데 말이지, 그것과 별개로 이 소유권에 왜 분쟁 소재가 있는지 이해가 안 가서 그래."

"아, 그거? 간단해. 이거 차명으로 산 놈들은 엿 된 거지."

"어째서?"

"이 소송의 결말은?"

"둘 중 하나겠지."

차명이 인정되어서 무효 처리되든가, 아니면 거래가 정상이라고 인정되어서 그 소유권이 정상적으로 넘어갔다는 판례를 만들든가.

"자, 그러면 문제가 생기지. 만일 그 소유권을 가져간 차명인이 그 땅을 못 주겠다고 요구하면?"

"그 부분은 생각 못 했는데?"

"인간은 욕심을 가지고 있지. 그런데 자기가 수억에서 수십억을 꿀꺽할 수 있는 기회가 왔는데 과연 그걸 포기할까?"

"어…… 그러면…… 어…… 당연히 그걸 돌려 달라고 소송을…… 아하!"

"이제 알겠어?"

"절대로 못 이기겠구나. 아니, 구조적으로 완전히 불가능해지네?"

"맞아."

차명으로 산 게 불법이기는 하지만 그래도 그 돈을 날리기보다는 어떻게든 땅을 되찾으려고 소송할 거다.

실제로 차명 거래가 기본적으로 불법이지만 상황에 따라서는 인정하는 경우도 많다. 보통은 그 과정에서 막대한 뇌물과 압력 그리고 비리가 연관되기는 하지만 말이다.

"하지만 이때는 엄청 법률관계가 복잡해지거든."

일단 이번 소송에서 차명이 아니라고 인정받은 상황에서 저쪽에서 차명으로 산 거니까 내놓으라고 하면 재판부는 이번 재판을 부정해야 하는데 그러기는 어렵다.

그걸 부정하면 첫 소송을 한 원주인에게 영향을 미쳐서 자연스럽게 첫 거래 자체가 무효가 되기 때문이다. 그러니 재판부 입장에서도 그걸 부정하지 못하고 결국 차명 주인의 소유지라고 인정해야 하는데, 그러면 실소유주는 그대로 땅도, 돈도 날리는 셈이다.

"다른 방법은 결국 그 땅을 다시 돈 주고 사는 거거든?"

그러면 미친 듯이 가격이 올라갈 게 뻔하다. 돈이 이중으로 늘어났으니 당연히 건축비나 투자금도 오를 테고 건물 가격도 미친 듯이 뛸 텐데, 지금도 텅텅 빈 미분양이 넘쳐 나는 시점에서 그 땅에 건물을 지어 올려 봐야 망하는 건 확정이다.

다른 곳보다 더 비싼 곳을 누가 사려고 하겠는가?

"설사 싸게 팔려고 한다 해도 한계는 있지."

이미 차명으로 의심되는 시점에 터무니없이 싸게 거래가 이루어진다? 수사관들도 바보가 아니니 그걸 수사할 테고 자연히 차명 거래가 드러나면서 감옥으로 주소를 이전하게 될 거다.

"와, 미친? 이게 소송 한 번으로 만들어 낸 결과라고?"

아무리 뇌물을 주고 정치적 압력을 행사한다고 한들 이 경우는 차명으로 구입한 실소유주들이 찍소리도 못 하고 땅을 빼앗기는 구조다.

"처음부터 설계한 거야?"

"당연한 거 아니야?"

정보를 사서 빼돌릴 정도의 인간이면 권력 있고 힘 있고 돈 있는 놈일 거다. 대한민국의 법원은 그런 그들에게 절대적인 충성을 바치고 있기에 나중에 가서 그들이 반환 청구 소송 같은 걸 하기 시작하면 찍소리도 못 하고 돌려줄 가능성이 크다.

"하지만 이제는 아니지."

다른 곳도 아닌 새론에서 소송하고 재판부에서도 이미 정상 거래라고 했는데 땅을 돌려주는 것은 대놓고 '사법부 개박살 났어요, 히히히.'라고 전 국민에게 홍보하는 꼴이니 절대로 재판부는 인정하지 않을 거다.

"그러면 지금쯤 그쪽은?"

"난리가 났겠지. 사실 그쪽도 변호사들을 끼고 있으니까 눈치 빠른 놈들은 아마 내 목적도 알아챘을걸."

"난 눈치가 느린 건가?"

"경험 부족인 거지. 너, 부동산 관련 소송은 이번이 처음 아니야?"

"그건 그렇지."

"그러니까 모르지. 공부만으로는 경험을 절대 못 이겨."

그 말을 인정한다는 듯 서세영은 고개를 끄덕거렸다.

"그러면 그쪽에서는 대응책을 찾으려고 하겠네?"

"그래. 그런데 말이야, 그것도 함정이야."

"어째서?"

"그쪽에서 세울 수 있는 대응책은 하나뿐이거든."

이 문제가 심각해지기 전에 어떻게든 땅을 되찾으려고 할 거다.

"그런데 아직 특검이 안 끝났단 말이지."

당연히 그것과 관련된 모든 정보가 특검으로 미친 듯이 들어오기 시작할 거다.

"이제 자폭하는 걸 구경만 하면 되는 거야, 후후후."

⚖️

노형진의 예상은 정확하게 맞아떨어졌다.

"땅 전부 수거해."

"네?"

"땅 말이야. 지금 밖으로 차명으로 돌리고 있는 땅! 그거 당장 수거하라고!"

"하지만 대표님, 그랬다가는 우리가 감춰 둔 땅을 지금 수거하기 시작하면……."

"야! 그러면? 지금 상황에서 버티라고? 씨팔. 지금 상황 몰라?"

종우람은 미치고 팔짝 뛸 것 같았다. 설마 이런 식으로 상황이 굴러갈 줄은 몰랐다.

'이게 아닌데.'

검사와 정치인에게는 두둑하게 돈을 먹여 둔 상황이기에 설사 나중에 걸린다고 해도 덮는 데에는 문제가 없었다.

하지만 설마 재판이라는 걸 통해 소유권을 확실하게 선을 긋는 방식으로 자신의 뒤통수를 칠 줄은 몰랐기에 그는 입술이 바짝바짝 말랐다.

"우리 쪽 변호사가 뭐래는 줄 아냐? 이대로 가면 눈 뜨고 다 빼앗긴단다."

"모조리 말입니까?"

"그래, 절대로 못 찾아온대."

"아니, 그러면 저희는요?"

"좆 되는 거야, 인마!"

그렇잖아도 경기가 안 좋아서 적자 폭이 커지는 상황이다. 그나마 땅을 빼돌려서 수익을 맞추고 있었는데 그걸 빼앗긴다? 그러면 다선건설을 확실하게 망할 거다.

"그러면 어떻게 해야 합니까?"

"어떻게 하긴, 방법은 하나뿐이라니까? 찾아오라고."

"하지만……."

"하지만이고 나발이고 찾아와야 우리가 살아."

자기들이 살 방법은 하나뿐이다.

지금이라도 소유권을 찾아오는 것. 그리고 그걸 팔아넘겨서 일단 구멍을 메꾸는 것.

"알겠습니다. 바로 연락 돌리겠습니다."

그들은 다급하게 고개를 끄덕거렸다. 그러나 그들은 그조차도 함정이라는 걸 모르고 있었다.

⚖️

"소송이 시작되기 무섭게 명의를 넘기는 사람들이 늘어나고 있다는데?"

"예상했잖아. 이렇게 되면 저쪽은 이제 선의의 제3자라고는 주장을 못 하게 되지."

선의의 제3자란 땅이 부당하게 팔리는 걸 모르고 구입한 사람을 가리킨다. 이런 경우 소유권 주장에 문제가 없다.

그래서 그간 이런 문제가 생길 때마다 건설사들이 주장하는 게 바로 선의의 제3자 주장이었고, 그걸 이용해서 재판부는 은근슬쩍 그들에게 소유권을 돌려주고는 했다.

"하지만 이제는 아니지."

처음부터 몰랐다고 하기에는 타이밍이 너무 좋지 않았다.

"그리고 그 땅을 넘긴 놈들이 슬슬 잡혀 들어갈 테고."

물론 현시점에서 해당 회사를 잡아 올 수는 없다. 하지만 그걸 팔아넘긴, 아니 소유권을 넘긴 사람들을 잡아 오는 건 어려운 일이 아니었다.

"애초에 버림패니까요?"

홍보석은 신기하다는 듯 혀를 내두르며 말했다.

"맞습니다. 그렇게 바지 노릇을 하는 놈들은 자기들이 버림패라는 걸 자꾸 잊어버리더군요."

하지만 버림패는 버림패일 뿐이다. 그가 고소당하고 기소당한다고 해서 과연 그 땅의 원주인이 그를 도와줄까? 그럴리가 없다.

"그러니 이제 그들을 족쳐서 진술을 얻어 내면 그만이죠."

"좀 놀랍네요."

"뭐가요?"

"저는 검사를 그만두면서 다시는 수사 같은 걸 하지 못할거라고 생각했거든요."

그 말에 노형진이 피식 웃었다. 틀린 말은 아니니까.

"변호사는 변호사 나름의 방법이 있으니까요."

"그러니까요. 검사 생활만 했다면 전혀 모를 방법이었을거예요."

검사라면 이런 방식으로 상대방을 압박해서 실수를 유도하지 못한다. 하지만 변호사이기에 이 방법을 쓸 수 있다는 사실에 홍보석은 혀를 내두를 수밖에 없었다.

"버려진 놈들을 땅을 수거해 간 놈들이 도와줄 리가 없으니까. 그놈들은 자기들이 살기 위해서라도 진술을 해야 하겠네?"

"그럴 수도 있고 아닐 수도 있고?"

"응? 그게 무슨 소리야?"

"말 그대로 그것도 불확실하다는 거야."

스스로 바지로 나서서 차명 거래를 도와준 시점에서 그들도 범죄자다. 그리고 범죄자들은 쉽게 입을 열지는 않는다.

"그들은 돈을 받았겠지. 그런데 그 상황에서 과연 입을 열겠어?"

"아니겠지?"

"그래, 아니겠지. 그러니까 다른 사람을 자극해야지."

"다른 사람?"

"이권을 각진 다른 사람 말이야."

"그게 누군데요?"

"가족이요."

"가족들이요?"

"네, 만일 홍보석 변호사님의 아버지가 수십억짜리 땅을 고작 몇천에 넘긴다면 무슨 생각이 들 것 같습니까?"

"어? 말도 안 된다고 생각하겠죠?"

"그렇죠."

"아하!"

정상적인 거래라면 이해라도 한다. 그런데 수십억 수백억 짜리 땅을 갑자기 거의 헐값에 넘긴다?

"그러고 보니 그런 방식이 왜 지금까지 안 걸렸던 거지?"

오광훈은 문득 말이 안 된다는 듯 고개를 갸웃했다.

"그렇잖아. 그런 식으로 차명 거래를 한 게 한둘도 아닌데 수십 년간 안 걸렸다니?"

"계약이야 당사자가 아니면 모르니까."

예를 들어 땅을 차명으로 2억에 샀다고 치자. 그게 열 배가 올라서 20억이 된다고 해도 그건 어디까지나 호가다.

만일 2억에 땅을 산 사람이 2억 3천만 원에 판다고 해도 일단 그건 합법이고, 그걸 추적하는 경우는 그 지역이 투기 과열 지구 등으로 특별 관리 대상일 때뿐이다.

"그러니까 보통은 그걸 비밀로 하지."

명의자는 3천만 원을 공짜로 챙기는 거고, 실권자는 정부의 시선을 피해 비밀리에 땅을 사서 긁어모을 수 있는 거다.

"그러니까 문제가 안 돼."

당사자 간의 거래니까.

"하지만 가족이 끼어들면 이야기가 달라진다는 거군요."

가족이 끼어들면 가족 입장에서는 말이 안 되는 소리다. 무려 20억짜리 땅을 미쳤다고 2억 3천에 판단 말인가? 당연히 그 안에서 뭔가 있다고 생각할 거다.

"아마도 원인이 두 가지 중 하나라고 생각하겠지. 첫 번째, 협박으로 인한 갈취. 두 번째, 차명 거래."

"그런데 그걸 가족이 사건을 도와줄까?"

"줄 거야. 인간의 욕심은 언제나 비슷하니까."

땅을 산 놈들은 대상을 믿고 명의를 빌렸겠지만 애석하게도 이제 그 믿음이 깨질 시간이었다.

"저희 아버지가 땅을 팔았다고요?"

"네. 조사 결과, 아버님께서 시가 25억 원짜리 땅을 2억 2천만 원에 매각하셨습니다."

"아버지한테 그런 땅이 있다고요?"

아무리 용을 쓰고 노력을 해도 땅 주인을 감추는 건 불가능하다. 최소한 등록이라도 하지 않으면 그 권리를 주장하지 못하기 때문이다.

그랬기에 땅을 수거한 놈들은 빠르게 등록했다. 그리고 그걸 추적하는 건 특검 입장에서는 아주 쉬운 일이었다.

"거기는 신도시 예정지입니다. 현재 시가의 10분의 1 이하로 땅을 판다는 건 말이 안 되죠."

"그런……."

그 말에 아들은 당황해서 눈을 크게 떴다. 아버지에게 그런 땅이 있다는 것 자체도 처음 들었는데 심지어 그걸 통째로 빼앗기다시피 했다니.

"특검에서 그 지역에 관해 조사한 결과, 그 지역에 폭력 조직이 상당수 개입된 사실을 발견했습니다."

"폭력 조직이라니요?"

"아버님께서는 둘 중 하나라는 거죠. 첫 번째, 폭력 조직에 의해 땅을 빼앗겼다. 두 번째, 차명으로 땅을 사는 범죄행위를 도와주셨다."

"아버지가 그러실 분이 아닙니다! 절대로 남을 해치는 그런 분이 아니에요!"

"글쎄요? 그건 모를 일이죠. 애초에 이 차명 거래라는 것도 누구를 해친다기보다는 법률 위반이라서 그런 상해의 개념을 접근할 영역이 아니라서요."

그 말에 아들은 아무런 말도 못 하고 눈만 데굴데굴 굴렸다.

그런 아들에게 노형진은 안타깝게 말했다.

"일단 저희 쪽에서 해당 사건을 수사하는 중인데, 예상대로라면 차명으로 거래한 이상 형사처벌을 피할 수 없게 될 겁니다."

"아버지가 감옥에 가시게 된단 말입니까?"

"아마도 그렇게 되겠지요. 그렇잖아도 이번에 벌어진 주택공사의 비리로 인해 여론이 안 좋은 거 아시죠? 실형이 나올 가능성이 아주 높습니다."

"검사님, 어떻게 안 되시겠습니까? 저희 아버지는 진짜로 아무것도……."

"네, 모를 수도 있죠. 문제는 아버님께서 저희 쪽 소환을 철처하게 무시하고 있다는 겁니다."

자기가 차명 거래의 당사자니 뭔가 켕겨서 오지 못하는 게 어떻게 보면 너무나 당연한 일이었다.

"그래서 저희가 확인하기 위해 아드님을 부른 겁니다."

"저를요?"

"이게 만약 위협으로 인한 매각이라면 그 땅을 당연히 찾아와야 하지 않겠습니까?"

"그 땅을 말입니까?"

"당연한 거 아닙니까? 무려 20억짜리 땅입니다."

노형진의 말에 아들은 곤혹스러운 얼굴이 되었다. 확실히 그렇게 작은 돈도 아닐뿐더러 미래를 위해서는 돈이 많을수록 좋다.

"그런데 그 땅을 되찾을 수 있는 겁니까?"

"만일 예상대로 둘 중 하나라면요."

만일 위협을 통한 갈취라면 계약 자체가 무효가 되어 버린다. 그렇기에 그런 경우 본래 주인에게 땅이 돌아가게 된다.

"만일 그 차명이라면요?"

"차명이라면 그것도 불법이죠. 대법원 아래 재판부의 입장은 확고합니다. 차명으로 땅을 산 경우 땅의 실질적 주인은 땅을 사는 데 필요한 돈을 지급한 실소유주가 아닌 땅의 명의자라고요."

이는 법적으로 실소유주를 확실하게 하기 위해 만들어진 규칙이다.

"그러면 저는?"

"당연히 그렇게 되면 땅을 되찾아서 판매할 수 있겠지요."

'물론 원래 소유주와의 소송이 끝나면 말이지.'

원소유주와의 소송에서 승리하고 나면 그때는 땅을 어떻게든 할 수 있을 거다.

'그런데 애석하게도 그게 더럽게 오래 걸릴 거거든.'

노형진이 이런 식으로 권리관계를 복잡하게 꼬아 버린 이유는 간단하다.

무려 관련자가 세 명이다. 그들은 각자 자신들의 권리를 주장할 테고 그 권리를 주장하는 동안에 그 땅을 사기 위해 돈을 낸 실소유주들이나 기업들은 자산이 묶인 채로 꼼짝도 못 하게 되기 때문이다.

그런데 권리관계가 복잡할수록 그 재판은 길어지고 거기다가 공원으로 묶여서 자산으로써 가치도 떨어진다?

아마도 명의 빌려서 땅을 산 놈들은 곡소리가 날 거다. 운이 좋아서 땅을 찾아도 은행 빚 갚기도 벅찰 테고, 만일 못 찾아온다고 하면 파산 확정이다.

'좆 되어 봐라.'

그걸 알기에 노형진은 차명의자의 아들을 설득하고 있었다.

"일단 저희 쪽 입장에서는 이 사건은 어디까지나 금융 범죄의 영역에서 수사해야 합니다. 갈취나 협박은 피해자들이 따로 신고해야 하지요."

"그러면 아버지는요?"

"아버님께서는 고발을 거부하셨습니다. 그런 상황에서 그분의 금융거래실명제법 위반이 거의 확정적이고요."

그 말에 아들의 얼굴이 딱딱하게 굳었다.

"그러면 저희는 어떻게 해야 합니까?"

돈도 돈이지만 아버지를 감옥으로 보낼 수는 없는 노릇이 아닌가? 그랬기에 아들은 마음이 급해졌다.

"일단은 말입니다. 저희는 금융 관련 특검이라 갈취나 협박 쪽은 권리가 없습니다. 아드님께서 신고하셔서 별도의 수사를 청구하셔야 합니다."

그 말에 아들은 고개를 끄덕거렸다. 그거라면 어려운 일이 아니니까.

"혹시 모르니까 다른 피해자분들과도 많이 이야기해 보세요."

"다른 피해자분들이요?"

"네, 피해자가 수십 명이 넘습니다."

그 말에 아들은 침을 꼴깍 삼켰다. 그러나 선택지는 하나뿐이었다.

여기서 물러나면 아버지가 금융실명제 위반으로 교도소에 간다는데 어떻게 물러난단 말인가? 이건 돈의 문제가 아니었다.

"혹시 연락처를 받을 수 있을까요?"

"그럼요."

노형진은 미소를 지었다. 특별 검사로서의 임기가 끝나 가고 있었지만 그렇다고 해서 상대방에게 엿을 먹일 방법이 없는 건 아니었다.

"진지하게 이야기해 보는 걸 추천드립니다."
물론 무슨 대화를 하든 답은 이미 나와 있었다.

특검이 끝나 가고 있다. 그리고 그 특검의 피날레는 아주 화려하게 장식되고 있었다.

─다선건설이 총 29건의 부당 갈취로 인해 고소당했습니다. 피해자협의회에 따르면 다선건설은 총 시가 3,800억 분량의 땅을 갈취를 통해 고작 그 10분의 1 가격에 강제로 인수한 것으로 드러났습니다. 다선건설에서는 그 사실을 극구 부정하고 있으나 피해자들은 다선건설이 이체한 내역을 증거로 제출하여 토지의 반환을 청구하고 있습니다. 다선건설은 현재 아무런 의견도 내지 않은 채 문을 잠그고 영업을 중단한 상태이며…….

땅을 판 가족들은 다급하게 다선건설을 고발했다. 물론 일부는 이게 금융실명제 위반이라는 걸 이미 알고 있었다.
하지만 현시점에서 그건 중요하지 않았다.
중요한 건 자신의 가족이 감옥에 가지 않게 하는 것이라는 것.
그랬기에 그들은 다선건설을 고발할 수밖에 없었고 경찰과 검찰은 다선건설을 조사할 수밖에 없었다.

"여기서 결과는 모 아니면 도지."

다선건설이 갈취로 빼앗았다면 계약이 무효화되고, 다선
건설이 금융실명제를 위반해서 계약한다면 첫 계약이 무효
화된다.

다선건설은 뭘 해도 코너에 몰린 상황에서 이미 범죄가 벌
어진 이상 그 처벌을 피할 방법이 없다.

"다선건설은 이제 시작인 것 같은데?"

"나도 진짜 어이없어서 말이 안 나오기는 한데."

조사 결과, 신도시 예정지의 60%가 누군가에 넘어가 있었
다. 그리고 그 60% 중에서 50%는 다시 차명으로 거래가 이
루어졌다. 즉, 제대로 명의자가 있는 땅은 신도시 개발 예정
지의 50%뿐이었다는 거다.

"썩었다 썩었다 했는데 이 정도일 줄은 몰랐네요."

홍보석은 질렸다는 얼굴로 서류를 정리하며 말했다.

고개를 돌려서 화면을 바라보자 종우람이 엄청난 숫자의
변호사들과 함께 검찰로 들어가는 게 보였다.

"종우람이라는 저 인간도 필사적이기는 한데……."

"애매하지."

자기들이 갈취한 게 아니라고 해도 결국 이쪽으로 사건이
넘어올 테니까.

명의를 빌려준 사람들이 그렇다고 '원래 팔기로 약정이 되
어 있었습니다.'라는 식으로 말하면 그 순간 금융실명제 위

반이 된다.

"이런 식으로 문제가 끝날 줄은 몰랐는데?"

지금 잡혀 들어가는 것은 종우람뿐이지만 조사 중인 사람은 한둘이 아니었다. 돈 있는 부자들 그리고 정치인들, 심지어 건설사들이나 기업들까지 죄다 갈취 혐의로 고발당해서 조사받고 있었다.

"그나저나 이제 당분간은 주택공사도 장난은 못 치겠네?"

"그렇겠지."

노형진은 그들의 방식에 대한 완벽한 카운터 공격 방법을 만들어 놨다. 검사들이 제대로 집행할 생각만 있다면 그들을 추적해서 이제 그런 장난을 치지 못하게 하는 건 어려운 일이 아니었다.

"역시 노 변호사님은 변호사가 아니라 검사를 하셨어야 하는 거 아니에요?"

홍보석은 아깝다는 듯 입맛을 다셨다.

"검사 하셨으면 범죄자들을 진짜 영혼까지 다 털어 버릴 수 있으실 것 같은데."

"하하하, 뭐 그건 지금도 하고 있지 않습니까? 검사의 방법이 있고 변호사의 방법이 있는 거죠."

"하긴 그러네요."

그리고 검사의 방식이었다면 이토록 완벽하게 장난질한 놈들을 잡지 못했을 것이다.

"그동안 고생하셨습니다."

특검 마지막 날, 노형진은 벽에 걸린 현판을 바라보면서 뿌듯한 얼굴로 중얼거렸다.

"이제 변호사로 돌아갈 시간이네요, 후후후."

허니문은 없다

"허니문 기간이 아예 없군. 이건 뭐, 이빨부터 드러내다니."

"뭐, 예상했던 일 아닙니까? 그만큼 송정한 대통령님이 만만하다는 소리겠지요."

대통령이 되고 나서 얼마 지나지 않았을 때 그런 자신에게 이빨을 드러내는 단체들을 보면서 송정한이 한 말이었다.

"그래도 최소한의 허니문 기간은 있을 거라 생각했는데 말이지."

쓰게 웃는 송정한.

사실 정치에는 허니문 기간이라는 게 있다. 특히 대통령이 당선된 후에 대략 1년 정도를 허니문 기간이라고 한다.

왜냐하면 보통 그때가 사람들이 대통령의 국정 운영에 기대하는 기간이기 때문이다.

국민들이 그 기간 동안은 대통령에게 지지를 보내고 야당도 괜스레 개혁에 대해 태클 걸다가 밉보이면 나중에 골치 아파지니까 나름대로 친하게 지내는 척은 한다.

그래서 허니문 기간이라고 하는 것이다.

하지만 그것도 사실은 옛말. 지금은 극단적인 혐오로 인해 지지 정당이 다르면, 지역이 다르면, 그리고 나이가 다르면, 성별이 다르면 사람 취급 안 하는 게 현실이다.

"한국에서 허니문 기간이라는 게 사라진 게 언젠데요. 심지어 송정한 대통령님은 명백한 개혁 성향 아닙니까?"

"지금까지는 그래도 공격이 덜하지 않았나."

"그게 솔직히 허니문은 아니죠. 자기들 뒈질까 봐 아가리 닥치고 있었던 거지. 하지만 이제 대통령이 되셨잖습니까? 기득권층이나 부패 세력 입장에서는 모 아니면 도가 된 거죠."

"끄응, 틀린 말은 아니긴 하군."

다른 정치인들이 오로지 정당의 힘에 기대어 움직인다면 송정한에게는 노형진이라는 거대한 힘이 있다. 그랬기에 다들 송정한의 눈치를 볼 수밖에 없었다.

대통령을 공격하면 기껏해야 경찰 또는 검찰을 동원해서 뒤를 캐고 그걸 정치적인 수사라는 이름으로 정치를 압박한다며 날뛰는 게 일반적이지만, 노형진과 마이스터라는 존재는 그런 정치적 압박이 아니라 말 그대로 경제적 압박이 가능했으니까.

물론 한국의 대기업들도 정치인들과 좋은 관계를 유지하려고 하지만 그건 어디까지나 정치인들과 싸워 봐야 좋은 꼴 못 보기 때문이지 그들이 착해서가 아니다.

하지만 마이스터는 다르다. 어치파 마이스터는 미국계 기업이고 심지어 미국에서조차도 섣불리 손대지 못하는 거대 기업이다.

그런데 한국의 국회의원들이 눈치를 안 볼 수가 없다.

"그리고 요즘 재미있는 소문이 돌더군."

"재미있는 소문이요?"

"자네, 노형진의 캐비닛이라는 말 들어 봤나?"

"네? 제 캐비닛이요? 그게 뭔 소리입니까?"

"검찰보다 더한 게 자네 캐비닛이라고 하더군. 뇌물 수수나 공적인 비리뿐만 아니라 자네가 캐비닛을 열면 개인적인 불륜까지 다 튀어나온다면서 말이야."

"하하하."

그 말에 노형진은 자신도 모르게 웃고 말았다. 그럴 만하기는 하다.

'뭐, 그런 소문이 돌 만하지.'

물론 노형진에게 캐비닛 같은 건 없다. 하지만 필요하다면 찾아가서 기억을 읽으면 그만이다. 마이스터의 대리인이라는 노형진을 만나고 싶어 하지 않는 정치인은 없으니까.

정치인과 만나서 기억을 읽어 내면 뭐, 개인적인 비리를 알아내는 건 어려운 일이 아니었다.

"뭐, 그럴 수도 있겠네요."

"그래."

송정한은 그 말에 그냥 웃고 말았다. 약간이나마 노형진의 능력에 대해 아는 유일한 사람이 송정한이니까.

"그런데 제 캐비닛이 궁금해서 저를 부르신 건 아닐 테고요."

"사실은 이번에 공격하는 사람들이 내 사람들이야."

"네? 대통령님 사람들이라니요?"

"정확하게는 나한테 지지 선언을 한 사람이지."

"그런데 왜요?"

"내가 승리하지 않았나? 그러니까 과실을 내놓으라 이거지."

"개소리군요."

승리한 사람들은 그에 걸맞은 자리를 차지한다. 그건 정치 판에서 부정할 수 없는 사실이다. 매번 낙하산이니 뭐니 욕하지만 애초에 대통령이 새롭게 개혁하고 구성하는데 그걸 방해할 반대파를 선임할 인간은 없다.

애초에 낙하산이라는 것도 특정 세력을 지지하는 각자의 판단이다. 남이 고르면 낙하산이지만 내가 고르면 현명한 인선인 셈.

하지만 그렇다고 해도 승리하는 순간 자기 밥그릇을 내놓으라는 말도 안 되는 요구를 하는 놈들이 없지는 않다. 그리고 대부분의 경우 그런 놈들은 정상적인 놈들이 아니었다.

"그놈들이 누굽니까?"

"한국인권총연맹일세."

"한국인권총연맹이요?"

노형진은 그 말에 고개를 갸웃했다. 왜냐하면 그가 아는 한 그들은 송정한과 관련된 게 없기 때문이다.

"그놈들이 선거에서 한 게 뭐가 있다고요?"

한국인권총연맹은 한국의 인권 단체 모임이다. 사실 목적은 좋았지만 어느 단체나 그렇듯 시간이 지나면서 인권보다는 이권 단체가 된 지 오래.

노형진이 정치적 중립을 이유로 송정한의 선거를 대놓고 도와주지는 않았지만 그 당시에 송정한이 누구와 손잡고 어떤 식으로 선거운동을 했는지 정도는 알고 있었다.

"하지만 제 기억대로라면 한국인권총연맹과 관련된 건 아무것도 없었는데요?"

대통령 선거는 천상천하 유아독존이 아니다. 아무리 노형진이 밀어준다고 해도 국민들의 지지를 받아 내는 게 우선이고, 그러기 위해서는 여러 단체들과 손잡아야 한다.

그러나 아무리 기억을 더듬어도 한국인권총연맹, 보통 한인총이라고 불리는 곳과는 손잡은 기억이 없다.

"그, 막판에 지지 선언 하지 않았나?"

"그때는 사실상 결판 난 상황 아닙니까?"

선거가 2주도 안 남은 시점에서, 그것도 어대송이라고 해서 어차피 대통령은 송정한이라는 소문이 날 정도로 결판이 난 시점에서 갑자기 모여서는 송정한에 대한 지지 선언을 하기는 했다.

"우리 입장에서야 고맙기는 하지만 말이지, 솔직히 뜬금없기는 했지."

하지만 그건 따로 송정한 측과 이야기가 된 것도 아니었고, 그렇다고 송정한을 위해 그 후에 뭔가를 한 것도 아니었다.

말 그대로 지지 선언 딱 한 번 하고 끝.

"그걸로 도와줬다고 하는 겁니까?"

"그치들은 그렇게 말하더군."

"지랄 났군요."

송정한의 말에 노형진은 혀를 끌끌 찼다.

그들의 지지 선언은 대통령 선거에 한 줌의 도움도 되지 못했다. 이미 결판 난 싸움에 숟가락만 올린 수준이었으니까.

"대통령님 사람이라고 하지 않으셨습니까? 고작 지지 선언을 한 것만으로 대통령님 사람이라고 하기는 애매한데요?"

"그랬지. 하지만 외부에서 보기에는 그렇지 않다는 거 알지 않나?"

"끄응."

확실히 그렇기는 하다. 지지 선언을 작게 한 것도 아니고 관련 단체 수백 곳이 모여서 발표했다. 사실 한국인권총연맹은 산하 단체만 수백 곳이니까.

"그거 말장난인 거 아시죠?"

"알고 있네. 자칭 정치적 인권 운동가라는 명함만 잔뜩 쌓아 두고 있으니까."

인권 운동가는 많다. 하지만 제대로 된 인권 운동가는 하나에 집중하고 그에 신경 쓰기 바쁘다. 자연보호면 자연보호, 여성 인권이면 여성 인권, 남성 인권이면 남성 인권 등등.

반면에 진짜로 인권 운동가로 활동하는 게 아니라 그냥 정치적으로 자기 힘을 키우고 자랑하고 싶은 놈은 최대한 자기 직함을 늘리려고 한다.

전문성이나 활동 내역과는 상관없이 한 사람이 온갖 인권 단체를 만들고 명함을 파고 뿌리면서 모가지에 힘주고 다니는 놈들의 모임이 바로 한인총이다.

"중요한 건 사람들이 그쪽이 우리와 한편이라고 인식한다는 거지."

"하긴 그렇긴 하죠."

송정한의 말에 노형진은 쓰게 웃었다. 그 또한 외부의 시선을 잘 이용하다 보니 송정한의 말의 의미가 뭔지 모를 수가 없었기 때문이다.

"그래서, 그놈들이 뭘 요구하던가요?"

"뭐겠나? 사실 뻔한 거 아닌가?"

"돈이겠네요."

"그렇지."

"안 주면 그만 아닙니까?"

인권 단체라 읽고 이권 단체로 변한 곳은 한둘이 아니다.

당장 노형진만 해도 세계복지재단을 따로 만들어서 철저한 감시하에 운영하는 이유가 뭔가? 인권 단체라는 놈들이 기부받은 돈을 횡령해서 룸살롱에 다니고 1등석으로 세계 관광을 다니고, 그 와중에 정작 가난한 사람들에게는 단 1%도 쓰는 걸 아까워해서 그런 거 아니던가?

'원래 역사에서도 한인총은 없었지.'

사실 원래 역사에는 한인총이라는 게 없었다. 왜냐하면 각자도생으로 기부금 빨아먹기의 경쟁 상대였기 때문이다.

그러나 노형진이 세계복지재단을 만들고 심지어 유엔 산하 조직인 유니세프조차도 횡령과 뇌물 수수로 얼룩졌다는 사실이 알려지면서 기부금이 모조리 세계복지재단으로 넘어왔다.

당장 한국의 유니세프조차도 횡령과 뇌물 수수는 일상이요, 국민들이 어려운 이들을 도우라고 돈 준으로 정치자금을 제공하고 의장이라는 놈이 비즈니스 클래스로 전 세계 관광이나 다니고 내부 고발자를 부당해고 하는 등 온갖 비리를 저지르면서도 뻔뻔하게 유니세프라는 이름을 팔아먹으면서 잘 먹고 잘 살고 있었으니까.

그러한 문제로 주요 지원이 세계복지재단으로 쏠리기 시

작하자 그러한 가짜 조직들이 뭉쳐서 한국인권총연맹, 줄여서 한인총을 만들어서 활동하기 시작했던 것.

'대중에게서 돈을 받아 챙길 수 없으니 국가로부터 돈을 받아 내겠다. 하긴 뭐, 그런 집단이 어디 한둘도 아니고 그것만 아끼면 복지 예산의 5분의 1은 남을 텐데.'

그게 한인총의 목적이었고 실제로 그게 어느 정도 먹히기는 했다. 돈을 받아 내는 데에는 세력만한 게 없으니까.

세력만 좀 키우고 목소리만 좀 높이면 국가에서는 그들이 뭘 하든 돈을 줄 수밖에 없다.

실제로 뭘 하는지도 모르는 온갖 연구소니 인권 단체가 매년 받아 가는 돈들이 매년 수천억이다. 물론 공식적으로는 그걸 감사하고 조사하게 되어 있지만 그게 제대로 된 적은 없다.

당장 특정 사상이나 정당 연구소에서 받아 가는 돈이 매년 늘어나고 있지만 그걸 가져가서 무슨 활동을 했는지는 아무도 모른다.

심지어 군대를 없애야 한다며 나라가 망하라고 고사를 지내는 놈들에게도 정부는 정치적인 이유로 매년 수백억을 지원하는 게 현실.

"그런데 그런 놈들이 들고일어났다는 겁니까?"

"그래."

"흠…… 이유도 없이요?"

"왜 없겠나? 여성부 꼴 나기 그래서 그렇지. 지금 여성부에서 끌려간 사람들만 몇 명인지 세지도 못할 정도인데."

"여성부요? 하긴 그거 보면서 쫄리긴 했겠네요. 뭐, 제대로 파기도 전인데 줄줄이 끌려 나가고 있다면서요?"

"그런데 기왕 이렇게 된 거, 감사한 사람들을 놀리기도 애매하고 그렇다고 나중에 해산하기도 좀 아깝단 말이지. 그런 외부 전문가들을 들여오는 게 이만저만 어려운 일이 아니지 않은가? 나중에 모으려고 하면 부패 세력이 온갖 방해를 할 테니까."

"하긴 그렇죠. 지금이야 공약이고 임기 초니까 찍소리 못하는 거지, 아마 조금만 지나면 나라가 망한다고 게거품 물면서 방해하겠지요."

한국에 여성부는 아직 존재한다. 송정한이 여성부 해체를 강력하게 주장하는 데에도 여전히 존재하는 이유는 간단했다. 그들을 없애면 그들의 죄가 사라지기에 그들의 죄를 먼저 처리하고 없애겠다.

그걸 위해 외부 감사 집단을 구성해 여성부의 회계 처리를 감사하게 만들었는데, 그 결과 매년 수백억 이상을 빼돌리고 온갖 부패한 행동을 한 게 드러났다.

예를 들어 여성부의 업무에는 분명 가난한 아이들을 구조하거나 지원하는 임무가 있음에도 불구하고 그 금액을 전용해서 여성부 파티에 이용하거나 하는 식으로 말이다.

보통은 그게 걸리지 않도록 서류를 교묘히 작성한다.

하지만 여성부는 그러지 않았고, 그 결과 결식아동에게 제공된 복지용 도시락이 무려 한 끼에 13만 8천 원짜리 호텔 한우 도시락이 되었으니 전문가들이 못 알아차릴 리가 없었다.

자세하게 보면 안 걸릴 수가 없었다.

"그래서 여성부에서 엄청 많이 잡혀 들어갔죠?"

"소속 공무원 중에서 한 10%쯤?"

물론 모조리 횡령하거나 돈을 빼돌린 건 아니다. 사실 절대다수는 그런 횡령을 알면서도 모른 척하다가 잡혀 들어간 거다.

공무원이 비리를 발견하면 신고해야 하는데 대부분 모른 척하거나 '내가 먹는 게 아니면 상관없겠지.'라는 식으로 대응했기 때문이다.

그나마 급이 낮고 먹은 게 없으면 집행유예 같은 걸로 끝났지만, 직급이 좀 있다 싶으면 죄다 잡혀 들어갔고 심지어 여성부 장관을 지낸 역대 장관들도 깡그리 교도소로 끌려 들어갔다.

그들의 묵인이 아니고서야 그딴 짓이 벌어질 수가 없으니까.

자기가 안 처먹었다고 해도 딱 거기까지지, 그런 상황이 벌어지는 걸 막거나 개혁하려는 사람이 단 한 명도 없었던 것.

그간 공무원 업계에서는 받은 놈이나 빼돌린 놈만 처벌하고 그걸 알면서도 모른 척한 사람들은 처벌하지 않았지만 송

정한은 그들에게도 법의 철퇴를 내리기로 원했고, 실제로 그
간 고발만 안 했을 뿐이지 위법한 건 사실이기에 곡소리가
나는 중이었다.

　지금이야 해체 예정인 여성부만 대상이지만 추후 보안이
관련된 영역이 아니라면 전 영역에 대한 대대적인 감사가 예
정되어 있는 상황. 그리고 두 번째로 이루어질 가능성이 높
은 영역이 바로 복지와 단체에 대한 지원금이었다.

　"그래서 그 사람들을 복지 쪽으로 돌려서 제대로 감사하려
고 했다네."

　"좋은 생각이네요. 그렇잖아도 복지 쪽은 말이 많았는데요."

　오죽하면 공무원 업계에서 복지는 지옥이라는 말이 나올까?

　"그런데 갑자기 이 지랄을 하더군."

　"왜 그런지 알겠네요."

　단순히 돈이 문제가 아니다. 제대로 감사하기 시작하면 복
지 쪽에서 일하는 단체의 절대다수는 교도소에 가게 될 거다.

　그러니 그들은 다급하게 그걸 막아야 했고, 그러기 위해서
는 방법을 선택해야 했다.

　"읍소 아니면 협박인데, 솔직히 대통령님이 읍소가 먹힐
대상은 아니긴 하죠."

　그들이 배때기에 기름을 채운 그 돈이 누군가에게는 목숨
값일 수도 있다.

　"그래, 나도 알지. 심지어 정부 지원금 브로커도 있는데

말이지."

사람들이 잘 모르는 것 중 하나가 바로 정부 지원금 브로커다. 정부에서 어떤 것에 관해 정부 지원을 한다고 하면 100% 브로커가 등장한다.

예를 들어 정부에서 벤처 지원을 한다고 하면 브로커가 나와서 정부에서 좋아하는, 그리고 입맛에 맞는 주제와 방식으로 지원해서 돈을 나누자고 포섭하고 그걸 받아들이면 그의 명의를 빌려서 신청한다.

단순 정부에서 좋아하는 주제와 좋아하는 디자인만이 그들의 무기는 아니다. 내부에 있는 인맥, 그들을 통해 지원금을 받아서 그중 20%는 뇌물로 주고 남은 금액은 5 : 5로 나눠서 빼돌린다.

그렇게 한 2년쯤 있다가 사업체는 폐업 처리.

"그게 벌써 몇 년째인지 자네도 알지 않나?"

"알죠. 그 방법이 수십 년째 이루어지고 있죠."

하지만 그걸 막고자 하는 사람은 없었다. 공무원은 귀찮아서 안 막고, 높은 분은 받아 챙겨야 해서 안 막고, 국회의원은 자기들 입장에서는 푼돈이니 안 막는다.

그러다 보니 결국 진짜 가능성이 있는 사람들은 지원도 못 해 보고 망하고, 횡령할 놈들만 남아서 신청해서 3년 이내에 성공률이 10%도 안 되는 게 현실이다.

"그래서 감사를 제대로 하려고 했지."

"했더니 이 꼴이 난 거군요."

"그래, 그래서 골치가 좀 아파."

"무시하면 그만 아닙니까?"

"그래도 되기는 하지. 하지만 현실적으로 그게 좋은 선택지가 아니라는 걸 알지 않나?"

"하긴 침소봉대라는 말이 있기는 하죠."

침소봉대, 봉대침소.

작은 허물은 크게 확대하고, 업적은 작게 축소한다. 정치권의 싸움의 기본이다.

일단 한인총에서 이렇게 물고 늘어지기 시작하면 자유신민당과 민주수호당은 그걸 확대해석 해서 물고 늘어지면서 송정한을 깎아내리고 권력을 차지하기 위해 눈깔이 돌아갈 거다.

"애초에 한인총이 그러는 것도 그들과 일종의 교감이 있기 때문일 테고요."

송정한을 물어뜯을 만한 핑계를 만들어 줘라. 그러면 감사를 무마해 주겠다. 그런 거래가 있었을 가능성이 크다.

"그래서 우리국민당은 뭐랍니까?"

"거기서도 곤란한 모양이야. 물론 내가 잘못한 게 아니라는 걸 알지만."

하지만 언론에서 그 문제를 집요하게 파고든다면 우리국민당도 지지율의 하락을 문제 삼지 않을 수가 없으니까.

"흠······."

노형진은 그 말에 한참을 고민했다. 확실히 이런 경우는 정치판에서는 흔하기는 하다.

"그래서, 대통령님은 뭘 하고 싶으신 겁니까?"

"글쎄, 그놈들 말을 들어주고 싶은 생각은 없네. 하지만 고칠 건 고쳐야지."

"그건 그렇죠."

여기서 물러나면 그들은 그렇게 더 빨아먹는 돈이 많아질 거다. 당장 여성부 감사가 다 끝난 것도 아닌 게, 그곳에서 수십 년간 해 처먹은 돈이 수십조가 되는 판국이다.

그런데 소위 인권 단체라는 놈들은 어떨까?

"그래서 자네를 부른 거야."

"그놈들이 원하는 게 뭔데요? 아, 내부적으로 말고 공식적으로 말입니다."

"죄수들에 대한 인권침해 금지."

"뜬금없네요."

"간만 보겠다 이거지."

인권 문제를 걸고넘어지기에는 사실 인권이라는 게 코에 걸면 코걸이 귀에 걸면 귀걸이다.

"죄수들 밥이 병사들 밥보다 잘 처먹는 건 안 답니까?"

"알겠지. 하지만 중요한 건 그게 아니지 않나?"

이쪽을 물어뜯을 핑계가 필요한데, 적당한 게 죄수들의 인권이라는 거다.

"하긴, 다른 건 워낙 이쪽이 쥐고 있으니까요."

노형진이 만든 세계복지재단은 온갖 인권 운동을 지원한다. 그리고 그 과정에서 아주 깔끔하게 운영된다. 유일하게 손대지 않는 게 바로 범죄자들 인권이다.

왜냐하면 노형진 본인 스스로가 인권 운동에 필요한 돈이 부족한데 왜 굳이 범죄자 인권을 챙겨야 하느냐고 생각하기 때문이다.

더군다나 한국은 다른 나라와 다르게 정치적으로 인권 탄압하는 게 쉽지 않고, 그런 경우에는 죄수의 인권 복지를 챙겨 주기보다는 누명을 벗겨 주는 게 더 급하기 때문에 그에 대해서는 신경 쓰지 않기 때문이다.

"그래서 죄수 인권을 물고 늘어지는데 말이지."

말로는 죄수 인권이고 아마도 그걸 대립각을 세우면서 송정한을 물고 늘어지는 방식으로 갈 거다.

"사실 죄수 인권은 주요한 것도 아니고 관심도 없을 겁니다."

"맞아. 그럴 걸세."

지금 중요한 건 대립을 위한 도구이다. 아마 1년만 지나면 한인총도, 국민들도 왜 처음에 송정한과 한인총이 싸우는지조차 까먹을 거다.

"그들의 요구는 뭡니까?"

"에어컨의 설치, 1인당 3평 이상의 공간 확보, 먹는 음식의 질을 늘려 줄 것 등등일세."

"지랄 났군요."

에이컨이야 일단 어느 정도 이해는 간다.

요즘 여름은 더워서 죄다 열사병으로 죽을 판국인 데다 교도소는 벌을 받는 공간이지, 죽기 위해 가두어 두는 공간이 아니니까.

그런데 1인당 3평 이상의 공간? 군인도 그 정도 공간을 보장받지 못할 거다. 공동생활이니까.

먹는 음식? 지금 죄수들은 군인들보다 잘 처먹는다.

"왜, 아예 노래방이랑 PC방도 만들어 달라고 하죠? 핸드폰 제공은 요구하지 않던가요?"

"아, 노래방은 요구했네."

"지랄 났네요."

말도 안 되는 조건들이다. 교도소에서 놀고먹는 게 편하면 과연 반성이라는 걸 할까?

'그렇잖아도 요즘 슬슬 교화라는 개소리에 질려 버리는데 말이지.'

교화라는 것. 그게 교도소의 가치라고 한다.

실제로 교화를 부정할 수는 없다. 하지만 동시에 교화되는 대상이 있고 안 되는 대상이 있다.

인터넷의 밈 중에 그런 밈이 있다.

'이들은 생각하는 게 일반인과 다릅니다.'

그런데 그게 틀린 말이 아니다. 그런 인간들은 교화가 안 된다. 왜냐하면 교화라는 것은 일반인 기준으로 시스템이 만 들어지기 때문이다.

그런데 타고난 범죄자들이 과연 일반인의 그런 판단에 따 를 수 있을까? 이해도 못 하는데?

그런데 심지어 교화하겠다고 일반적인 사고방식을 가진 죄수와 같은 공간에 가두어 두니 도리어 일반인인 죄수가 오 염되어 버린다.

썩은 사과 이론은 사회뿐만 아니라 교도소에서도 적용된 다. 그런데 그걸 모른 척할 뿐.

물론 교도소에서도 나름 그걸 감안해서 방을 구분하려고 하지만 사실 교도소라는 공간이 그다지 넓지도 않을뿐더러 이미 한국 교도소들이 포화 상태가 된 지 오래이기에 현실적 으로 그게 별 의미가 없다는 게 문제였다.

"일단은 지금은 그쪽에서 슬슬 목소리를 높이고 있기는 하 지만 말이야, 조만간 이쪽으로 이빨을 드러낼 거야."

그 말에 노형진은 고개를 끄덕거렸다. 그런 거라면 미리 대응하는 게 맞다.

"그래서 어떻게 하고 싶으신데요? 당연히 물러나시지는 않을 테고."

"그건 그렇지. 전에 어떤 사람이 그러지 않았나? 한국에는 돈이 없는 게 아니라 도둑이 너무 많은 거라고."

"뭐, 그건 사실이죠. 그 사람이 좀 이상하긴 하지만."

그것과 별개로 그가 말한 도둑놈 이론은 틀린 말이 아니다. 크게 보면 국회의원들 사이에서도 도둑놈의 새끼들이 넘쳐 나는데 일선에서 도둑놈이 없을 리가 없다.

"그래서 자네에게 묻고 싶은 걸세. 이걸 어떻게 뒤집어야 하나?"

"다른 사람들과는 이야기해 보셨나요?"

"죄다 정치적 입장에서 이야기하더군."

누군가는 끝까지 싸워야 한다, 다른 누군가는 그들과 손잡고 더 큰 가능성을 봐야 한다, 또 다른 누군가는 지금의 손실은 감수할 만하니까 지금이라도 감사를 멈춰야 한다 등등.

각자 의견이 다르고 각자 입장이 다른 상황.

"죄다 죽일 수도 없고."

쓰게 웃는 송정한.

"그러다가 자네가 했던 말이 생각나더군."

"제가요?"

"그래, 옛날에 한번 한 적이 있는 말이라네."

"죄수들과 관해서요?"

"그래, 죄수들을 해외로 수출해 버리고 싶다고 했었지."

"아! 기억납니다. 그것도 방법이라고 한번 스치듯 이야기했었죠."

다만 그건 이 상황의 해결 방법이 아니라 이미 넘쳐 나는 포화 상태의 교도소에 대한 대응책이었다.

"그래, 그랬지. 그런데 말이야, 그걸 한번 제대로 해 보는 게 어떨까 싶어."

"죄수의 수출 말입니까?"

"정확하게는 죄수의 형기를 해외에서 지내게 하는 거지."

"흠, 여러 가지 문제가 있기는 하지만요."

"그래, 하지만 그게 성공하면 나쁘지 않을 거라 생각하네."

"하긴, 애매한 문제이긴 하군요."

교도소에서 있는 죄수들을 수출한다.

물론 진짜로 팔아넘긴다는 건 말도 안 된다. 그건 불가능하다. 하지만 가난한 나라들 중에서 돈을 줄 테니 교도소를 설치하고 운영해 달라고 하면 받아들일 나라들은 많다.

즉, 죄수들을 해외로 보내서 그곳에서 형기를 마치게 한 뒤 한국으로 들어오게 하는 것.

"죄수 하나 먹여 살리는 것보다 장기적으로는 그게 싸겠죠."

물론 그걸 위해 여러 가지 해결해야 한다.

첫 번째, 인권 문제.

일단 한국의 교도소와 동일한 방식으로 운영된다면 그건 어느 정도 커버할 수 있다.

두 번째, 국가의 문제.

하지만 세상에 가난한 나라는 많고 그걸 대리 운영할 만한 나라를 찾는 건 어렵지 않을 거다. 그리고 그런 나라들은 땅이 넘쳐 난다.

세 번째, 안전의 문제.

그런데 어차피 교도소의 근무자들은 무장이 기본이다.

네 번째, 소통의 문제.

돈만 넉넉히 준다면 그곳에서 근무하려고 하는 현장 근로자들을 찾기는 어렵지 않을 테고, 한국어를 조건으로 내걸면 죽어라 공부할 테니 시간이 어느 정도 지나면 소통이 가능해질 거다.

그게 아니더라도 일부 인원을 한국에서 보내면 문제 될 게 없다.

"다만 면회 문제가 좀 골 때리겠네요."

"그렇잖아도 그걸 고민했는데 어차피 그런 건 알아서 할 문제 아닌가?"

"하기야, 그건 그렇죠."

인권이고 나발이고 때때로는 시스템적으로 완성되면 거기에 적응하는 수밖에 없을 때도 있다. 당장 한국의 주민등록 제도만 해도 유럽이나 미국에서는 진행한다고 발표하는 순간, 아마 나라가 뒤집어지고 혁명이 터질 정도로 심각한 인권침해 문제로 인식되고 있다.

"더군다나 강력 범죄자들에게 면회하려고 찾아가는 경우는 그다지 많지 않으니까."

"하긴 그건 그러네요. 해외로 보내는 사람의 경우야 뭐, 강력범일 테니까요."

아무리 송정한이 계획을 세운다고 해도 모든 사람을 다 보낼 수는 없다. 그도 판사이기에 안다. 강력범과 실수를 저지른 사람은 다르다는 것을 말이다.

"지금 내 생각은 3년 이상의 형량을 받은 강력 범죄자들을 해외로 보내서 그곳에서 생활을 하게 하는 걸세."

"3년 형이라……. 한국에서 3년 실형이 나올 정도면 거의 인간 말종 수준이군요."

"그래야지."

한국은 워낙 선처 주의가 판치고 있어서 실형으로 3년 이상 나오는 경우가 드물다. 실제로 사람을 죽여도 고의가 없으면 3년 정도 나오는 게 한국의 현실이다.

고의로 3년 이상이 나온 범죄자의 경우 절대다수가 갱생의 여지가 없는 강력범 또는 반복 범죄를 저지르는 자들이다.

"흠, 국가는 어디로 생각 중입니까?"

"글쎄, 그건 아직 고민 중일세. 가능하면 아프리카를 생각 중이야. 거기는 인건비도 싸고 말이지. 동남아 국가들은 아무리 그래도 안 받아들일 것 같고."

그 말에 노형진은 고개를 끄덕거렸다. 동남아 국가들이 상대적으로 가난한 건 사실이지만 전 세계적으로 보면 그래도 중위권 이상의 나라들이다.

"저는 아프리카보다는 동티모르를 추천드립니다."

"동티모르?"

"동티모르는 한국과 친밀하죠. 한국어 사용자도 많습니다. 아시죠?"

"아, 그랬지."

동티모르에는 세계복지재단에서 운영하는 복제약 회사가 있다. 전 세계에서 빈민 구제용으로 제공되는 약에 제약 회사들이 장난치자 노형진이 아예 보호 기간이 끝난 복제약을 만들어서 공급하는 용도로 만든 곳인데, 동티모르에서는 그곳에 들어가는 걸 최고의 성공이라고 생각하고 있다. 그래서 한국어를 배우는 사람들이 엄청나게 많다.

더군다나 동티모르가 독립할 당시에 이루어질 뻔한 잔인한 민간인 학살을 막은 게 다름 아닌 한국 대통령이었다. 그 당시 인도네시아가 독립하는 동티모르에 보복성 민간인 학살을 할 거라는 정보를 얻은 그 당시 대통령이 국제 사회에 긴급 안건으로 해당 사실을 알려서 학살을 막았던 것.

그리고 노형진이 독립하고 가장 돈이 급하고 힘들 때 복제약 회사를 만들어서 동티모르의 한국에 대한 우호도는 최고라고 볼 수 있었다.

"확실히 거기는 시스템도 잘되어 있긴 하겠군."

"맞습니다. 거기다가 물가도 전 세계에서 가장 낮은 나라 중 하나죠. 또 거리도 가깝고요. 죄수들을 비행기로 나르기에는 애매하지 않습니까?"

"하긴 또 그렇군."

사람들은 동티모르라고 하면 아프리카 어디라고 생각하지만 의외로 동티모르는 군이 지정학적으로 보면 동남아 국가에 속한다고 봐야 한다.

정확한 위치가 인도네시아 바로 아래, 호주 바로 위니까.

"거기다가 마땅한 곳도 하나 있죠."

"어디 말인가?"

"아타우로섬 말입니다."

독립이후에 동티모르에 속하게 된 섬이지만 그다지 사람이 살지 않는 100킬로미터 정도 되는 섬이다.

원래 인도네시아 치하에서도 감옥섬으로 사용된 섬인데 지형적으로 물이 부족해서 사람이 살지 않는 편이다.

"동티모르 입장에서도 애매한 섬이죠."

작은 섬은 아니지만 그렇다고 담수화 시설을 설치할 정도로 큰 섬도 아니다. 인구가 그만큼 많지도 않고. 더군다나 동티모르에 돈이 그 정도로 많은 것도 아니다.

"그렇다고 뭔가 산업을 일으키기에도 애매하거든요."

100킬로미터라고 하면 엄청 큰 섬 같지만 산업이라는 게 연계되는 부분이 많아서 섬에다가 공장을 만들면 운송비가 배보다 배꼽이 되는 기현상이 된다.

제주도처럼 큰 섬이라면 모를까, 100킬로미터 정도의 섬은 그런 사업체를 융합해서 세우기에 애매한 규모다.

"실제로 아타우로 섬은 소수의 사람들이 사냥과 농사 그리고 어업으로 살아가는 정도입니다."

관광? 애초에 거기에 관광이라고 할 만한 것은 바다에서 이루어지는 스노쿨링 정도뿐이다. 물론 그것도 작지 않지만 아주 크지도 않다. 스노쿨링 명소는 전 세계에도 많으니까.

"교도소를 세운다고 하면 스노쿨링 포인트에서 거리만 좀 두고 만들면 됩니다."

"확실히 그러겠군. 관광객들이 보려는 건 바닷속이지 땅 위가 아니니까."

"맞습니다. 뭐, 죄수의 출소 같은 경우는 한 세 달 전쯤 한 국으로 입국시키면 되니까요."

가석방이라고 해도 결정되면 바로 다음 날 나가는 게 아니 라 시간을 두고 나가니까 석방이 결정되거나 석방 날짜가 되 면 세 달 전에 한국에 있는 교정 시설로 옮겨서 대기시키다 가 석방하면 된다.

"탈옥은 꿈도 못 꾸겠군."

"어디로 갈 건데요?"

바다 건너 호주? 아니면 인도네시아? 가다가 익사할 거다.

그렇다고 해서 도시로 숨는다? 애초에 거기에 사는 원주 민들과 인종이 다른데 과연 티가 안 날까?

그렇다고 정글? 거기서 죽느니 차라리 교도소에 넣어 달 라고 빌 거다.

"정기선만 도입하면 됩니다."

"솔직히 교도소 5년 운영비면 세우고도 남을 겁니다."

죄수 한 명에게 들어가는 돈이 어디 한두 푼인가? 웃기게도 교도소에 들어가는 돈은 한국에 군인들에게 들어가는 돈보다 더 많이 들어간다.

한국에서 제소자 한 명을 관리하는 데 드는 비용이 평균 3천만 원 정도라고 하니까.

물론 진짜 먹고 마시는 데 드는 비용만 따지는 게 아니고 이미 완성된 교도소를 이용하는 것이기에 교도서 건설비도 포함되지만 말이다.

"최소한 동티모르 교도소 건설비는 한국보다 훨씬 쌀 겁니다."

"노역을 시키기도 쉽고요."

"노역?"

"네, 어차피 어디 가지도 못할 거 아닙니까? 솔직히 한국에서 노역을 시키기는 하지만 그게 어디 제대로 된 노역입니까?"

교도소에서는 노역을 시킨다. 그렇게 함으로써 들어가는 돈을 줄이고 동시에 제소자들이 돈을 모을 수 있게 해 준다.

문제는 그게 대부분 뻔하다는 거다. 왜냐하면 제대로 된 기업에서는 죄수를 쓰지 않으니까.

그나마 절대다수의 교도소 내의 노역, 즉 빨래나 음식 제조 정도고 그나마 밖으로 나가는 게 목공 정도인데 사실 이 목공으로 만들 물건도 만들기는 하지만 거의 팔리지는 않는다.

말이 노역이지, 부려 먹고 돈 주고 안 팔리는 걸 정부에서 책상 같은 걸로 써먹는 수준이다.

누가 교도소가 만든 목공용품을 사서 쓰고 싶어 하겠는가?

실제로 교도소에서 하는 노역은 단순하고 위험하지 않아야 하며 밖으로 나가서는 안 된다는 조건 등 까다로운 게 한둘이 아니다.

그래서 과거에 가난한 집에서 하던 봉투 붙이기 같은 일을 지금은 교도소에서 노역으로 처리한다.

"하지만 섬이니까요."

"하긴 그러네요."

섬이니까 탈출할 수도 없다. 그러니 그걸 이용해서 더 넓은 공간에서 노역을 시킬 수도 있다.

농사를 짓게 한다거나 건물을 올리게 한다거나 하는 식으로 말이다.

"어차피 민간이 교정 시설에 대한 법률은 있으니까요."

실제로 사람들이 잘 모를 뿐이지, 한국에도 교정 시설을 민간인이 지을 수 있게 만드는 법률이 있고 실제로도 민간 교정 시설이 있다.

그곳은 시설이 좋은 곳이기에 정부 지원을 받으면서도 동시에 자기들이 원하는 모범수 위주로 데려가기도 한다.

"설마 자네는 민간 교정 시설을 두려고?"

"네."

"진짜로?"

"못 할 것도 없지 않습니까? 도리어 국가기관이 해외로 나가는 게 더 복잡하지 않을까요?"

그 말에 송정한은 고개를 끄덕거렸다. 확실히 그랬으니까.

교정국이라는 게 아무리 죄수를 관리하는 곳이라고 해도 국가기관. 그런 곳이 해외에 교도소를 만들고 그곳에서 사법권을 집행하는 건 상대 국가가 아무리 가난하고 못사는 동티모르라고 해도 여러모로 곤란하기 그지없는 일이다.

"하지만 민간 교도소라고 하면 이야기가 달라지지요."

민간 교도소는 위임을 받아서 운영할 수 있다. 해외에 자리 잡아서는 안 된다는 규칙 같은 건 없다.

"물론 법을 좀 고쳐야 하겠습니다만."

법적으로 교도소 직원은 한국인만 가능한데 한국에서 직원을 데려가서 동티모르에서 일시키면 배보다 배꼽이다. 그러니 행정 업무가 아닌 교도 업무 등은 현지인을 사용할 수 있게 법을 고치기는 해야 한다.

"하지만 아무리 그래도 쉽지 않을 텐데? 솔직히 돈도 안 될 테고."

"하하하, 그거야 관점 나름이죠."

"관점 나름?"

"네, 저는 그걸 통해 돈 좀 벌어 볼 생각입니다만?"

노형진은 씩 하고 웃었다.

"미국의 민간 교정 시설 말입니까?"

"네, 그거 부족하죠?"

"부족하죠. 그래서 개판이고요."

로버트는 노형진의 계획을 듣고는 은근 관심이 생겼다. 그도 그럴 게 돈 냄새가 솔솔 났으니까.

"미국의 민간 교정 시설은 악명이 높죠."

낮은 미 정부의 단가, 거기다가 높은 수감률로 인해 미 교도소는 말 그대로 포화 상태에 열악하기 그지없다.

물론 한국보다는 더 나은 상태라곤 하지만 그건 법적으로 1인당 어느 정도 보장된 공간이 있기 때문이지, 시설이나 법이 좋아서가 아니다.

한국에서야 방 하나에 일단 꾸역꾸역 밀어 넣지만 미국의 교도소는 방 하나에 두 명이라는 영화에서 많이 보는 형태로 구성되어 있어서 한계가 명확하기 때문이다.

"설마 미국의 죄수들을 넘겨받으시려는 겁니까?"

"맞습니다."

"쉽지 않을 겁니다, 미국에서 교도소는 사실 하나의 기업이자 착취 수단이 된 지 오래라."

쓰게 웃는 로버트였다. 확실히 관심이 가는 것과 별개로 권력의 핵심, 그것도 이권의 핵심에 들어가는 건 사실 문제가 많았다.

"알고 있습니다. 사실 미국의 높은 범죄 증가율은 미국의 수익 모델 중 하나죠."

"아십니까?"

'어떻게 모르겠어, 회귀 전에 미국에서 변호사 생활을 했는데.'

미국은 전 세계에서 인구 대비 범죄자가 가장 많은 나라다. 그런데 왜 그럴까?

미국인들이 범죄자들이 이민 와서 만든 나라라 유전자에 범죄자의 성향이 있어서?

아니면 억울하게 누명을 씌워서?

아니다. 미국의 범죄율의 함정은 다름 아닌 자본 때문이다.

모르는 사람이 본다면 그게 뭔 개소리냐고 할지도 모른다. 설마 자본주의가 세상을 황폐하게 해서냐고 헛소리한다고 할지도 모른다.

그런데 진짜로 미국의 높은 범죄율은 자본주의를 기반으로 만들어진다. 그것도 아주 직접적으로 말이다.

"민간 교도소들이 수익이 빵빵하죠."

"네, 맞습니다."

미국에는 엄청난 민간 교도소가 있다. 그리고 그 수익을 맞춰 주기 위해 미국은 범죄자를 양산해야 한다.

그래서 다른 나라에서는 잡범 취급하는 범죄자들에게도

가차 없이 강력한 실형을 선고한다. 오죽하면 미국에서는 시작이 10년이라는 말이 있겠는가?

한국에서는 엄벌주의의 미국을 부러워하지만 그 배후에는 자본주의가 존재하는 게 현실.

문제는 그게 끝이 아니라는 거다.

"미국에서는 사법 거래가 심하죠. 아시죠?"

"알고 있습니다. 그게 자본의 논리라는 것도요."

미국에는 사법 거래라는 게 있다. 이게 뭐냐면 '네가 죄를 인정하면 선처해 줄게. 아니면 10년 형부터 시작하든가.'라는 거래다.

미국의 경찰이나 법원도 진실을 알아내기 위해 드는 수고를 감당할 능력이 안 된다. 인원도 부족하고 돈도 부족하다.

그러니까 협박하는 거다. 잠깐 교도소 다녀올래? 아니면 모 아니면 도로 장기로 갈래?

사법 거래를 받아들이면 대략 1년쯤 갔다 오는 거고 그걸 거부하면 10년부터 형량 시작.

"미국에서 벌어지는 재판의 90% 이상은 이 사법 거래로 끝나죠."

판사 입장에서는 일 안 해서 좋고, 경찰 입장에서도 일 안 해도 좋고, 변호사 입장에서도 위험부담이 덜하다.

"그리고 그 자체로 돈이 되고요."

민간 교도소가 1차로 그들을 수용하면서 막대한 돈을 번다면 2차는 바로 그 노동력 그 자체다.

교도소에서의 노역은 최저임금 미만으로 일을 시킨다. 원래는 돈을 줘야 하지만 어떤 곳은 아예 돈을 안 주기도 한다.

기업을 운영할 때 가장 많이 드는 돈 중 하나가 바로 인건비고 그런 공짜 노동력을 제공받기 위해 지역 기업들이 지역의 교도소와 결탁하는 건 딱히 비밀도 아니다.

즉, 미국의 엄벌주의는 민간 교도소의 수익과 공짜 노동력을 필요로 하는 지역 업체와 결탁한 악순환이라는 거다.

"엄벌주의가 그럴듯해 보이지만 또 전부는 아니죠. 그렇다고 스웨덴같이 감옥에 있는 사람들이 외부 사람들보다 더 편하게 사는 것도 황당한 거지만."

"생각보다 잘 아시네요."

노형진은 로버트의 그 말에 그냥 웃고 말았다.

"그리고 교도소 내부에서 갱단이 될 수밖에 없는 구조인 것도 알고 있습니다."

"혹시 미국 교도소에 대해 논문이라도 쓰신 겁니까?"

"아니요. 다만 알 만큼은 알죠."

한국에서는 교도소에서는 그런 게 없지만 미국에서는 교도소 내부에서 살아남기 위해서는 갱단에 속해야 한다. 안 그러면 살아남을 수조차도 없다.

한국의 교도소는 서로에게 영향이 최소한으로 가도록 방에 가둬 두지만 미국은 그게 아니다. '식사도 같이, 운동도 같이, 목욕도 같이'라는 공동생활 시스템이다.

당연히 혼자 있는다? 그러면 타 갱단이나 강력 범죄자의 공격 대상이 된다. 운이 좋아도 뭔가를 빼앗기거나 폭행당하고, 운 나쁘면 동성 강간이 벌어지고 진짜 운 나쁘면 살해당한다.

어차피 종신형 받은 놈들이나 사형선고받은 놈들은 뒤가 없어서 막 나가니까. 그렇다고 간수들이 그걸 막기 위해 노력하는 것도 아니다.

그렇다 보니 죄수들은 교도소 내부에서 살아남기 위해 무슨 짓이든 해야 한다. 그리고 유일한 방법은 교도소 내부에서 패권을 쥔 갱단에 가입하는 거다.

문제는 그곳에서 보호받고 밖에 나오면 끝이 아니라는 것.

출소하면 갱단은 충성을 요구하고 그들을 위해 범죄를 저지르고, 범죄를 저질러서 잡혀가면 갱단원이라고 종신형이 떨어지고, 종신형이 떨어졌으니 교도소에서 세력화에 가담하고 다시 새로운 희생양을 만들어 내는 구조.

"한국의 교도소가 범죄자들이 범죄를 배우는 학교라면 미국의 교도소는 갱단을 찍어 내는 공장이라고 할 수 있죠."

그래서 교도소에 들어가면 선택지가 세 개다. 갱단이 되든가, 아니면 죽든가, 아니면 강간당하거나 착취당하면서 버티며 나오든가.

"그나마도 요즘은 포화 때문에 상황이 개판이라면서요?"

"네, 맞습니다. 답 없는 수준이죠. 형량의 10%만 채우면 내보내 주는 수준이니까요."

"뭐든 자본주의를 들이밀면 안 된다니까요, 쯧쯧쯧."

한국에서는 가석방의 기준이 무기징역의 경우 20년, 유기 징역의 경우 3분의 1 이상의 형량을 채워야 가석방 기준이 된다.

하지만 미국은 10분의 1이다. 웃기게도 엄벌주의를 표방 하지만 징역 50년 형을 받아도 한 5년만 버티면 가석방 대상 이 된다는 거다.

물론 그런 걸 막기 위해 이 인간은 진짜 아니다 싶으면 법 원에서도 '가석방 없는'이라는 조건을 붙여서 처벌하기는 하 지만 중요한 건 그런 식으로 하다 보니 더더욱 갱단에 기대 되는 거다.

사고 치면 가석방이 날아가는데, 저항하면 사고 친 걸로 취급하니까.

그러니 사고를 치지 않기 위해서라도 갱단의 보호를 받는 수 밖에 없고, 밖에 나가서 그들이 시키는 대로 해야 하는 거다.

"그러니까 새로운 교도소를 만드는 거죠."

"동티모르에 말입니까?"

"네."

"미국도 아니고 동티모르라……."

"불가능할까요?"

"확실히 미국 내에 교도소를 만들라는 규정은 없기는 하네요."

사실 누가 해외에 교도소를 만들려고 하겠는가? 아마 어지간한 나라라면 '우리한테 범죄자를 수출한다고? 미친 거 아냐?'라고 할 거다.

왜냐하면 남의 나라의 범죄자를 받는 건 자존심의 문제니까.

'하지만 어지간한 나라라는 기준이라는 게 애매하지.'

유럽이나 하다못해 동남아 국가들에게 그런 이야기를 한다면 '개소리하지 말아라! 우리가 병신으로 보이냐!'라고 길길이 날뛰겠지만 그게 아니라 진짜 가난한 나라라면, 그래서 아주 작은 기회라도 잡고 싶다면 그 기회를 잡을 거다.

'한국이 그랬으니까.'

한국이 가난한 시절, 한국에는 기생 관광이라는 게 있었다. 좋게 말해서 기생 관광이지 그냥 성매매였고, 실제로 성매매로 한국에 엄청난 외화가 들어오던 시절이었다.

지금이야 범죄니 어쩌니 하면서 막고 싶어 하는 게 성매매지만 그 시절에는 기생 관광이라는 건 나라의 중요한 달러 수입원 중 하나였다.

그래서 불법인 걸 알면서도 쉬쉬하면서 모른 척하고, 심지어 주요 관광이 벌어지던 곳을 특별 관리하기도 했던 시절이 있었다.

당장 한국만 그런 게 아니다. 동남아도 황제 관광이니 뭐니 하면서 성매매 관광이 판치던 시절이 있었지만 동남아도 최근에는 그러한 성매매 관광을 막기 위해 노력하고 있고 단속도 심해지고 처벌도 강해지고 있다.

왜냐하면 일단 살아남을 수 있을 정도가 되었으니 최소한 그런 행동은 하지 않으려는 거다. 창피하니까.

"생존이 우선인 거죠."

생존이 우선인 사람에게 인권이니 뭐니 하는 것은 중요한 게 아니다.

범죄자 수입? 그게 뭐 어떻단 말인가? 돈이 들어오는데. 어차피 섬이고 나가지 못한다면 충분하다.

"그리고 동티모르는 그들조차도 절박합니다."

"절박하다니요?"

"최소한 그들은 기술이라도 가진 사람이 있을 거 아닙니까?"

"네?"

그 말을 로버트는 이해하지 못하는 눈치였다. 하긴 그럴 수도 있기는 하다. 사람은 자신이 겪는 걸 당연하다고 생각하니까.

"동티모르는 가난한 나라입니다. 애초에 돈이 문제가 아니라 발전을 위한 원동력 자체가 없습니다."

"음."

"개발도상국이 왜 개발도상국으로 끝나는데요."

바로 발전을 위한 원동력이 필요하기 때문이다. 산업화 시대마저도 그랬는데 지금은 정보화 시대다.

자동차 엔진이야 따라 만들 수 있겠지만 반도체는 꿈도 못 꾼다. 당장 중국조차도 버는 것으로는 미국과 비등하다고 하지만 기술만으로는 미국에 비해 떨어진다고 하지 않는가?

"현실적으로 전 세계에서 개발도상국에서 선진국으로 발전한 곳은 단 한 곳, 한국뿐입니다."

대부분은 잘해 봐야 중진국 수준이다. 문제는 기술의 격차가 어마어마해서 이제는 중진국의 수준조차도 빈민국이 따라갈 수 없는 시대라는 거다.

19세기만 해도 자동차를 뜯어서 그 시스템을 복제해 움직일 수 있는 차량을 만들 수는 있었다. 하지만 지금은 움직이는 차량은커녕 엔진도 못 만든다.

왜냐하면 현대의 엔진은 프로그램의 통제를 받는 부품이라 그걸 따라서 만들어 봐야 프로그램이 없으면 안 움직이기 때문이다.

당연히 그걸 움직이기 위해서는 프로그램을 분석해야 하는데 차량의 엔진을 통제하는 프로그램은 자동차 기업에서도 기밀에 속하는 영역이고, 어찌어찌 그걸 구한다고 해도 그걸 이해하려면 최소한 박사급 이상의 지능과 경험을 가지고 있어야 한다.

즉, 과거처럼 뜯어서 따라간다는 개념이 이제는 불가능한 시대.

"그런 상황에서 동티모르는 답 없는 수준이죠."

사실상 제대로 된 기업이 별로 없고 가장 큰 기업이 바로 복제약을 생산하는 곳이다.

　"그런 곳에서 남을 가르칠 수 있는 인재라는 건 의외로 소중하거든요."

　동티모르에서 가장 중요한 건 인재다. 그런데 정작 그 인재가 없다. 단순히 공부를 못한다 수준이 아니라 아예 글 자체를 못 배우는 상황이다.

　당장 복제약 회사를 세울 때 가장 먼저 해야 했던 것은 공장의 건설이 아니라 그곳에서 일할 근로자들에 대한 최소한의 교육이었다.

　"미국에서 아무리 못 배워도 동티모르만하겠습니까?"

　아무리 미국의 공교육이 박살 났다고 해도 최소한 저학년까지는 제대로 배운다. 그 후에 고학년이 되면서 삶의 현실로 인해 막 나가기도 하고 갱단이 되기도 하지만, 그렇다고 최소한 저학년까지는 그런 게 덜하니까.

　"하지만 동티모르는 그마저도 없죠."

　더군다나 미국에서 교도소에 오는 사람들은 다양하다. 그냥 죄다 총 쏴서 사람 죽이는 놈들이 아니다.

　"하지만 섣불리 보내지는 않을 겁니다."

　"알고 있습니다. 그런데 죄수들이 선택한다면 어떨까요?"

　"그게 무슨 말씀이신지?"

　"애초에 선택권을 죄수들에게 주자는 겁니다."

"죄수들에게 선택권이 없…… 아니 아니, 있군요."

노형진의 말에 로버트는 눈이 커졌다.

"그건 또 어떻게 아셨습니까?"

"미국의 사법 시스템은 생각보다 잘 안다니까요."

"허허."

미국에서는 죄수들에게 교도소의 선택권이 어느 정도 있다고 알려져 있다. 정확하게는 형량이 결정된 후에 '어디 교도소로 보내 주세요.'가 아니라 형량이 결정되기 전에 '어디 교도소로 보내 주는 조건으로 받아들이겠습니다.'라는 거래다.

애초에 미국의 사법 거래의 기반이 바로 그거니까.

"어느 나라나 동일한 형태로 교도소가 운영되지는 않죠."

각각의 교도소는 각각의 등급이 있고 범죄의 질에 따라, 그리고 교도소에서의 행동에 따라 좀 더 그 급에 맞춰서 죄수를 수감한다.

사람들이 생각하는 일반적인 교도소는 보통은 최악의 범죄자들을 가두는 청송 지역의 교도소들을 기준으로 그려지고, 인터넷에서 교도소가 군인들보다 생활환경이 낮다고 떠도는 곳은 1년 이하의 모범수들만 들어가는 곳들이다.

"강력 범죄는 형량 거래의 대상이 아닌 걸로 알고 있는데요."

"맞습니다. 강력 범죄는 거래 대상이 아니죠."

미국의 사법 거래는 미국에서 증명하자니 복잡하고 어려운데 죄가 확실하게 의심될 때 이루어지는 편이다.

쉽게 말해서 도둑질한 건 확실한데 그걸 입증할 만한 증거를 찾는 데 너무 오래 걸리는 경우에 사법 거래가 들어간다.

당연히 그렇지 않은 범죄들, 연쇄살인이나 연쇄 사기 같은 건 절대로 사법 거래의 대상이 아니다. 왜냐하면 사법 거래의 조건이 짧은 수감 기간인데 그런 놈들은 출소하는 순간 또 살인이나 사기를 칠 테니까.

"저는 그 부분을 노리려고 합니다."

"네? 어떻게요?"

"사법 거래를 할 때 저희 교도소를 조건으로 사법 거래를 하게끔 하면 되는 거죠."

"하지만 그거야 법원에서 안 받아들이면 그만 아닙니까?"

"하지만 그럴 때는 개싸움을 하면 되는 거죠."

"개싸움이요?"

"저희에게는 드림로펌이 있지 않습니까?"

"아!"

드림로펌. 노형진이 만든 미국 최대의 로펌 중 하나. 실력 하나만큼은 다른 로펌보다 좋다고 소문이 자자하고 미연방 법원과 검찰이 가장 머리 아파하는 로펌 중 하나다.

"거래할 만하지 않습니까? 후후후."

노형진은 눈을 반짝거렸다.

교도소! 오픈 이벤트!

교도소를 만든다는 것은 쉬운 일이 아니다.

동티모르 정부에 협조를 요청하고 교도소를 만들겠다고 했을 때 의외로 동티모르 정부는 순순히 동의해 줬다.

뭐라도 해서라도 돈을 벌어야 하는 처지니까.

하지만 그것과 별개로 한국과 미국의 교도소에 있는 죄수들을 데려오는 것은 전혀 다른 문제였다. 그리고 교도소가 완공된 시점에 노형진은 미국에 거래를 걸었다.

"그러니까, 미국에서 죄수들을 받아 가겠다는 겁니까?"

"네, 맞습니다. 그리고 그걸 위해 미 정부의 협조가 필요합니다."

빌 웨이든은 그 말에 뭔 개소리인가 하는 표정이 되었다.

하지만 노형진은 아주 당당했다.

"서로 손해 보는 건 아니잖습니까? 대통령 각하께서도 지금 죄수 문제로 머리가 아파서 죽을 맛이라고 하시던데요?"

"그건 어떻게 아신 겁니까? 역시 마이스터군요."

"마이스터가 아니라고 해도 뭐, 지금 미국의 사법 시스템 개판 난 건 하루 이틀도 아니지 않습니까?"

'오죽하면 미국에서 1천 달러 이하는 처벌 안 하겠다고 하겠어.'

그리고 그 선택은 최악의 선택이었다. 왜냐하면 말로야 경범죄로 수사의 우선순위가 낮아지는 거라지만 미국 경찰의 현실을 보자면 그건 아예 수사 안 하겠다는 의미이기 때문이다.

실제로 그러한 결정 이후로 아주 당당하게 미국의 마트에 가서 온갖 물건을 훔쳐도 처벌을 못 하니까.

'상식적으로 말이 안 되는 소리지, 진짜.'

1천 달러 이하는 사실상 처벌 안 한다. 그러면 A라는 마트에서 오늘 900달러를 훔치고 내일 B마트에서 900달러를 훔치고 모레는 C마트에서 900달러를 훔치는 식으로 움직이면 어떻게 될까?

한 달 내내 돌면서 훔치면 한 달에 2만 7천 달러를 훔치는 건데, 2만 7천 달러면 3,500만 원이 넘는다. 죽어라 공부하고 고생해서 당당하게 월급을 받아도 천만 원이 넘기 힘든데, 그냥 돌아가면서 도둑질하면 그 몇 배나 되는 연봉이 생기니 도둑질 안 하는 게 이상한 거다.

아니, 일이 이쯤 되면 열심히 공부하거나 일하는 놈이 병신이다.

'실제로 미 정부는 지금 상황에서 어어어, 하고 있지. 하여간 미국 정치인들도 인간의 악의에 대해 너무 모른다니까. 아니면 로비를 잘못 받았거나. 이렇게까지 생각이 없어서야 원.'

미 정부에서는 100만 원 이하의 범죄를 경범죄로 처리하면서 사실상 처벌을 안 하겠다고 발표한 이유에는 교도소의 과포화 상태를 해결하고자 하는 목적이 있었다.

로비를 받아서 엄벌주의를 유지한 건 좋은데 그게 선을 너무 많이 넘어서 교도소에 자리가 없기 때문이다.

물론 대외적으로는 그냥 선처 주의를 핑계로 댄 것뿐이지만 문제는 그 후다. 온갖 잡범이 대놓고 도둑질을 하기 시작했고 심지어 갱단이 아예 마트를 싹 다 터는 상황까지 벌어지기 시작한 것.

갱단이 웬 마트를 터느냐고 할지도 모르지만 갱단 입장에서는 한 사람당 천 달러 이하를 털어서 갱단에서 가져다 팔면 아주 많이 남기 때문에 안 할 이유가 없다.

마약 같은 건 위험부담이라도 있지, 이건 그런 위험부담조차도 없으니까.

그러니까 상황이 어떻게 굴러갔느냐.

어차피 체포해 줄 것도 아니고 그렇다고 체포를 위해 총격전을 할 수 있는 것도 아니다. 그렇다 보니 아예 마트는 그걸 그냥 두고 본다. 그들을 막기 위해 나섰다가 직원이 죽거나 총격전이 벌어지는 것보다는 나으니까.

그 결과 손님 반 도둑놈 반인 상황이 되었고, 급기야 그걸 보고 손님도 도둑으로 변하기 시작했다.

그러면 기업은 그냥 그 손실에 대해 절대 보험으로 메꾸면 된다면서 보험사에 청구하고, 보험사는 손실에 보험료를 올리는 악순환이 된 것.

그나마 그것도 어느 정도 중견 마트급이나 단독 마트나 보험에서 받아 주지, 대형 마트의 경우는 그 손실이 조 단위로 나와 버리자 대형 마트 체인들이 '오프라인 판매 포기'라는 극단적 선택을 하기 시작한 것.

그러다 보니 멀쩡한 도시에서 마트가 사라져서 장 한 번 보려고 다섯 시간을 달려서 외부 도시에 나가야 하는 황당한 상태가 벌어지고 있었던 것이다.

그제야 미 정부는 당황해서 형량을 늘리자는 이야기를 하고 있지만 현실적으로 그 형량을 늘리자니 교도소는 포화 상태. 그렇다고 교도소를 추가로 짓자니 답이 없이 돈이 드는 상황인 것.

'오죽하면 유료 교도소가 생기겠어.'

미국에는 실제로 유료 교도소가 있다. 유료 교도소란 단순히 미 정부에서 운영비를 주는 게 아니라 죄수들에게 돈을 받고 수감 서비스를 제공하는 곳을 말한다.

하루에 13만 원. 그리고 그곳은 아주 편하다. 먹고 싶으면 먹고, 자고 싶으면 자고, 쉬고 싶으면 쉰다.

원하면 원하는 대로 간식을 먹을 수 있고, TV나 게임기도 있고, 영화도 볼 수 있으며, 컴퓨터도 쓸 수 있다.

말로야 경범죄용 안전 등급의 교도소라지만 애초에 경범죄는 처벌도 안 하고 그런 놈들의 절대다수는 돈이 없는 잡범들이다 보니 그런 곳을 쓰는 놈들은 화이트칼라 범죄, 즉 사기꾼들이 절대다수였다.

"그런 상황에서 미국의 대응책은 별게 없죠."

"끄응."

법을 바꾸는 건 쉽다. 애초에 경범죄로 낮췄던 걸 일반범죄로 올리면 그만이다. 하지만 그렇게 한 경우 그걸 감당할 수 있는 수준의 교도소가 없다는 문제였다.

"그걸 해외에 두겠다는 겁니까?"

"맞습니다."

법을 좀 고치기는 해야겠지만 확실히 불가능한 건 아니다.

"물론 미국 내에서 교도소를 더 만드셔도 됩니다만. 그럴 여력이 되십니까?"

그 말에 빌 웨이든이 쓰게 웃었다.

교도소가 부족해서 이 난리가 났다면, 교도소를 더 만들면 간단히 해결될 것처럼 보인다. 하지만 미국의 예산에도 한계가 있고, 그러한 예산으로는 더 이상 만들어지는 교도소를 유지할 능력이 안 된다.

더군다나 새로운 교도소가 생기는 것은 기존 교도소 업자에게는 경쟁자가 생기는 것이기에 그걸 막기 위해 기존 교도소 업자들이 적지 않은 로비를 하고 있는 것도 사실이다.

"하지만 해외라면 뭐, 어떻게 되지 않겠습니까?"

이미 노형진이 돈 들여서 교도소를 만들어 놨다. 적지 않은 돈이 들었지만 그렇다고 해서 한국이나 미국처럼 돈이 많이 드는 건 아니다.

"도리어 동티모르의 현실을 생각하면 돈을 엄청나게 아낄 수 있을 겁니다."

동티모르에서는 사람도 싸고 물가도 싸다. 그러니까 그곳에 들어가는 비용만 아껴도 교도소를 더 확충하는 게 어렵지 않을 거다.

"그러니까 나보고 죄수의 수출을 위해 설계해 달라 이거군요."

"네."

"흠……."

"솔직히 말해서 현시점에서 미 정부에서 교도소 문제를 해결할 방법은 그것뿐이 아닐까 싶습니다만?"

부족한 교도소를 해결하고 인원을 추가할 수 있다면 나쁜 건 아니다.

"하지만 현실적으로 그러한 법이 통과되기 위해서는 국회의 동의가 필요할 겁니다."

"알고 있습니다."

"그리고 국회에서 동의해 줄 리가 없고요."

사람들에게 알려지지 않았을 뿐 미국의 민간 교도소 사업은 황금알을 낳는 거위라고 불린다.

'전 세계에서 민영화해서 좋은 꼴은 본 적이 없지.'

민영화라는 것은 좋게 말하면 민간에 위탁한다는 거지만, 나쁘게 말하면 돈을 받고 나라를 팔아먹겠다는 소리다.

그래서 민영화를 하면 비용은 상승하지만 결과는 나빠진다.

물론 때때로 민영화할 수밖에 없는 상황도 있다.

예를 들어 전산 관리 같은 건 전문가를 고용하자니 공무원 임금 규정에 따르면 그걸 관리할 정도의 전문가가 원하는 연봉을 줄 수가 없는데, 그렇다고 해서 특혜를 주자니 그게 더 문제가 되기에 차라리 외주, 즉 민영화를 할 수밖에 없는 구조다.

하지만 국가의 기본적인 시스템은 민영화하면 거의 100% 최악으로 치닫는다.

'당장 한국에서도 전기와 수도 그리고 의료 민영화를 외치는 놈들이 왜 그러는데?'

그들이 나라를 생각해서?

아니다. 그걸 집어삼키면 어마어마한 돈을 벌 수 있기 때문이다. 예를 들어 미국의 경우 일부 지역에서 전기 민영화를 시켰는데 폭설이 오고 난리가 났을 때 전기 민영화를 한 회사들은 미친 듯이 가격을 올렸다.

아니, 그 정도가 아니었다. 아예 전기를 끊어 버리면서 고의적으로 전기 부족을 유도하고 결과적으로 수많은 사람들이 동사를 하게 만들었다.

그리고 평소 80만 원 나오던 전기료를 미친 듯이 올려서 무려 1,800만 원을 청구하기도 했다.

상식적으로 말이 안 되지만 그게 가능한 게 민영화의 함정이었다. 그리고 그게 합법이기에 누구도 처벌받지 않고 사건이 끝났었다.

"그리고 그 모든 것의 뒤에는 로비가 있습니다. 기억하고 계실 테지만요."

"알고 있죠."

상공회의소가 대한민국을 망하게 하려고 했던 이유. 그건 미국의 정책과는 상관없이 중국과 일본이 그들에게 로비해서 한국에 치명타를 안겨 달라고 요구했기 때문이다.

"미국은 로비가 합법이죠. 사실 우리도 민영 교도소를 줄이려 하고 있지만 쉽지 않아요."

미국의 정부라고 해서 온갖 부작용에 대해 모를 리가 없다. 당장 전기세 문제로 인해 수백 명이 얼어 죽고 해당 도시에서 폭동이 터졌는데도 전기회사는 모르쇠로 일관했는데 그걸 좋게 볼 리가 없다.

하지만 민영화한 걸 다시 국유화하는 건 여러모로 힘들다.

"그러면 이렇게 하죠."

"뭘 말입니까?"

"저희가 싼 가격에 해당 민간 교도소를 구입하거나 할 수 있게 해 드리죠."

그 말에 빌 웨이든이 어이없다는 얼굴이 되었다.

"제 말을 뭐로 들은 겁니까? 로비 자금이 한두 푼이 아닙니다만?"

새로운 민간 교도소를 받아 내기 위해 로비하는 것도 어마어마한데 역으로 그들이 민간교도소를 국유화하게 도와주겠다니?

"국회의원들이 가만히 있지 않을 겁니다."

"그건 저한테 맡기시면 됩니다, 후후후."

자신 있게 말하는 노형진을 보던 빌 웨이든은 뭔가 생각난 듯 목소리를 낮추며 물었다.

"설마 한국 정부의 죄수의 해외 수감 계획에 따른 겁니까? 우리는 그 과정에서 끼어든 거고?"

"그건 또 어떻게 아신 겁니까?"

"말할 수 없습니다."

"뭐, 알겠네요."

안 봐도 뻔하다 미국이 동맹이랍시고 두둑하게 자기 주머니 채우면서 정보 넘기는 놈이 없을 리가 없으니까.

실제로 송정한이 이러한 계획을 은밀하게 하고 있는 것도
아니니 안 넘어왔다면 그게 도리어 이상한 일일 거다.

"맞습니다."

"그거랑 이번 일과 무슨 관계가 있다는 거지요?"

"자칭 인권 단체들이 죄수 인권을 챙겨 달라고 난리니까
그걸 해 줘야지요. 그리고 그러기 위해서는 큰 그림을 그려
야 하거든요. 한국만 한다고 하면 인권 어쩌고 하면서 게거
품을 물 겁니다."

"그건 그렇지요. 그런데 왜 우리가 거기에 끼어드냐는 거죠."

"한국이 미국은 완전무결한 나라이면서 행복한 천국이죠.
미국에서도 성공적으로 해외 수감 계획을 진행하는데 반대
하기는 애매하겠죠."

그 말에 빌 웨이든은 고개를 끄덕거렸다.

확실히 한국은 그런 문화가 강하다. 서민 생활 기준으로는
미국이 한국보다 그다지 잘사는 것도 아닌 데다 미국이 일종
의 천국이라고 믿는 놈들이 넘쳐 난다.

뭐만 하면 '미국에서 성공한'이라는 황당한 타이틀로 도입
된다. 당장 민영화조차도 '미국도 민영화해서 대국이 되었
다.'라는 소리를 하면서 주장하는 놈들 천지다.

하지만 미국은 그걸 감당할 수 있는 규모가 되어서 민영화
를 도입한 거지, 규모가 안 되는 나라에서 민영화는 그저 망
국의 지름길일 뿐이었다.

"하지만 아무리 그래도 초반에는 투자금이 좀 들어갈 겁니다. 궁극적으로는 돈이 덜 들겠지만 시스템을 만드는 초반에는 엄청난 돈이 들어갈 텐데요?"

미국이야 워낙 죄수들에게 들어가는 돈이 많으니 도긴개긴이겠지만 한국은 아닐 거다.

"충분히 낼 수 있습니다. 물론 그들의 지원금을 깎아서 말입니다. 애초에 그들이 그토록 간절하게 원하는 게 그거 아니겠습니까? 살신성인하며 자기 돈을 내놓아 죄수들의 인권을 챙겨 준다니, 감동의 눈물이 다 흐르더군요."

"아하!"

노형진이 착해서 그들의 조건을 받아들인 게 아니다.

이 모든 돈은 자칭 인권 단체라는 놈들의 지원금을 깎아서 충당할 계획이었다.

물론 이 사실을 안다면 그놈들은 눈깔을 까뒤집으면서 길길이 날뛰겠지만 알 게 뭔가? 자기들이 원하는 대로 해 준 건데. 그게 싫다고 한들 그놈들 잘못이지.

"수익은 걱정 안 합니다. 장기적으로는 유럽 등지에서도 보낼 수도 있고요."

전 세계적으로 소위 선진국에 들어간 나라들은 어쩔 수 없이 교도소 포화 문제로 몸살을 앓고 있다.

당연한 거다. 교도소의 건설비도, 유지비도 다 돈이니까.

'영국에서 달리 호주 땅을 교도소로 쓴 게 아니란 말이지.'

해가 지지 않는다는 영국에서 호주 땅에 던져두고 알아서 죽든 살든 해라 할 정도로 죄수들의 관리에는 돈이 들어간다.

"확실히 대단위 동티모르라면 가능하겠지요."

인구는 부족하고 땅은 넘쳐 난다. 그런 곳이라면 충분한 교도소를 만들어서 충분한 죄수들을 수감할 수 있다. 왔다 갔다 하는 데에는 얼마 안 들 테니까.

"하지만 말이지, 인권 문제로 걸고넘어지는 놈들이 있을 겁니다. 로비도 그렇고요."

인권 문제. 미국을 떠나서 해외에서 수감 생활을 한다는 것에 대해 심각하게 생각하는 정치인들이 있다.

"그리고 인권 문제라는 건 정치적인 문제입니다."

"그럼요."

당장 한국의 문제만 해도 자칭 인권 운동가들이 분란을 일으켜서 저지른 일이 아닌가? 인권이라는 건 필요한 것이고 지켜야 하는 거지만, 동시에 인권이라는 것은 분란을 일으키고 싶은 놈들에게 아주 적절한 미끼이기도 하다.

"그러니까 인권적으로 수감자가 요구하면 됩니다."

"수감자들이 말입니까?"

"네, 그들이 이송을 요청한다면 이야기가 달라지지요, 후후후."

노형진은 자신 있게 말했다.

"모두가 교도소를 좋아하는 건 아니지만 그걸 너무 싫어하는 사람도 있기 마련이거든요."

원하오는 중국인이자 미국인이다. 중국과 미국의 이중국
적자. 그렇기에 그에게 미국의 교도소는 지옥 중의 지옥이었
다.

"퉤. 더러운 옐로 몽키."

대놓고 인종차별을 당하고 매일같이 두들겨 맞았다. 하지
만 누구도 그들을 도와주지 않았다.

죄수들에게 중국인인 원하오는 그냥 두들겨 패기 좋은 샌
드백이었고 간수들에게 있어서는 보호할 가치도 없는 범죄
자였다.

동양인 주제에 범죄를 저질렀으니까.

"이럴 줄 알았으면 사법 거래를 받아들이는 게 아니었는데."

원하오가 저지른 범죄는 음주 운전이었다. 물론 음주 운전
만이었다면 실형이 나오지는 않았을 거다. 술을 먹고 사람을
밀어 버린 것.

다행히 사람이 죽은 것도 아니고 속도가 다행히 빠르지 않
아서 다리가 부러지는 정도였고, 피해자가 길거리에서 호객
행위를 하던 매춘부였기에 돈을 두둑하게 주고 합의하는 것
은 어렵지 않았지만 어찌 되었건 사람을 밀어 버렸다는 사실

때문에 실형이 나왔다.

재범의 가능성이 낮고 실수로 한 범죄라는 사실이 인정되어서 그나마 상대적으로 형량이 낮은 1년 8개월이 나왔지만, 문제는 1년 8개월을 살아서 버틸 수가 있느냐는 거다.

"후우, 젠장. 카츠오 이 새끼는 왜 안 나오는 거야?"

그런 교도소에서 동양인의 이미지는 호구이자 샌드백이며 강간 대상이다. 그렇기에 동양인 죄수들이 살아남을 수 있는 유일한 방법이 바로 무리 지어서 움직이는 것.

그나마 교도소 방 안에 있을 때는 어차피 자신과 다른 놈 둘뿐이니 그놈만 조심하면 되고 계속 감시 상태이기에 딱히 문제가 될 게 없다.

하지만 미국의 교도소는 운동 시간과 식사 시간이 함께 있는 방식으로 운영되기에 그 시간에 살해당하거나 강간당하는 경우도 많아서 그때는 뭉쳐 있는 게 그나마 다행이었다.

그리고 카츠오는 일본인 죄수로 죄목이 사기라고 했고 그나마 서로 믿고 의지하는 사이였다.

밖이라면 서로 국적 때문에 친해질 수 없겠지만 교도소에서는 살아남기 위해 서로에게 서로가 필요했다.

"여. 옐로 몽키 뭐 하나? 이 씹새끼."

"이야, 우리 몽키가 외로운가 봐."

"엉덩이가 토실토실한데?"

아니나 다를까, 혼자 있는 원하오에게 다가오면서 저질스러운 농담을 하는 죄수들.

문제는 그들의 농담이 절대로 농담이 아니라는 거다.

'또…… 당할 수는 없어.'

원하오는 다급하게 도망가기 위해 주변을 둘러봤다. 그러나 도망갈 곳이 없었다.

"우리 이쁜이 잠깐 나 좀 볼까?"

누군가가 원하오를 붙잡고 어디론가 끌고 가려는 그때, 다행히 한 남자가 다가왔다.

"적당히 하지?"

"칫."

팔의 두께가 사람 허벅지보다 두꺼운 간수를 보면서 죄수들은 아무런 말도 못 하고 그곳을 떠났다. 힘으로도, 권력으로도 그 남자를 이길 수 없기 때문이다.

"원하오? 괜찮나?"

"빌립, 괜찮아요. 고맙습니다."

빌립의 걱정에 원하오는 안도의 한숨을 내쉬었다.

빌립은 간수지만 동시에 유색인종이다. 그래서 그런지 그나마 유색인종 죄수들에게 공정하게 대해 주는 편이었다.

물론 그렇다고 잘 대해 준다는 건 아니다. 공정하게 대해 주는 것뿐이다. 하지만 그것만으로도 원하오는 믿을 게 그 사람뿐이었다.

"빌립, 카츠오가 오늘 안 나왔는데 어디 아파요?"

"카츠오? 아, 너희 친구였지?"

"네?"

"안 좋은 소식이야, 원하오. 카츠오는 죽었어."

"주…… 죽었다고요? 카츠오가요?"

자신이 아는 한 카츠오는 싸움을 하거나 할 사람은 아니다. 도리어 그런 걸 피해 다니면서 어떻게든 출소 날짜만 기다리는 상황이었다.

"그게 무슨 말이에요? 카츠오가 왜 죽어요? 아니, 출소 8개월인가 남았다고 들었는데."

"하아, 게티 알지?"

"게……티? 그 새끼가 설마?"

"그래, 그 새끼가 죽었어."

게티는 교도소 내부에서도 악명이 높은 놈이다. 신나치 사상에 빠진 백인 우월주의자이자 교도소 내 백인 갱단의 화이트 스쿼드의 행동대장.

"그 새끼가 왜……."

"게티가 집행 날짜가 얼마 안 남았거든. 어떻게 알았는지 그 새끼가 그걸 안 것 같아."

"씨팔, 이 개 같은 새끼가!"

미국은 사형제도를 유지하고 있다. 그리고 게티란 놈은 3건의 연쇄살인으로 사형이 예정된 놈이다.

그런데 그놈이 자기가 살 날이 얼마 안 남았다는 사실에 살인한 거다.

살인을 하면 살려 줘서?

아니다. 어차피 죽을 거, 혐오하는 동양인을 죽이고 가려고?

그것도 아니다. 한 놈을 죽이면 다시 재판해야 하고 그 재판은 짧게는 3년, 길게는 5년까지 걸릴 거다.

"목욕탕에서 마주쳤는데 운이 안 좋았다."

"크흑."

다른 죄수들은 게티가 이기기 힘들다. 체력적으로도 힘들고 패거리가 있으니까.

하지만 동양인은 타고나기를 백인이나 흑인보다 훨씬 체력도 약한 부분도 있고 특히 카츠오는 사기로 들어온 거라 딱히 운동을 잘하거나 운동에 소질이 있었던 것도 아니었다.

"목욕탕에서 순식간에 벌어진 일이라 간수들이 막을 틈도 없었다."

"그, 그런……."

싸워서 빨리 죽일 수 있는 가장 만만한 대상. 그게 동양인이었을 뿐이었다. 만일 카츠오 대신에 원하오가 그곳에 있었다면 죽는 건 원하오였을 것이다.

"샤워하는 중에 가서 목을 그대로 꺾었다고 하더군."

"크흑."

"미안하네. 게티는 그제 날짜로 슈퍼맥스급으로 이송되었다네."

슈퍼맥스급 교도소는 최고 보안 등급의 교도소다. 러시아의 흑돌고래교도소 같은 곳이 바로 슈퍼맥스급.

"젠장. 그게 문제가 아니잖아요."

그놈 외에도 사형수들이 있고 또 사형이 이루어지고 있으니 위험은 여전히 존재한다.

그런 자신이 교도소에서 목숨을 건지는 방법은 누군가를 죽여서 재판을 받으면서 시간을 끄는 것뿐이다.

슈퍼맥스급 교도소가 죽는 것보다 더 지옥이라는 말? 진짜로 사형대가 눈앞에 다가온 범죄자들에게는 들리지도 않는 말이었다.

"그러면 전 어쩝니까? 네?"

이곳에 자신이 지켜 줄 수 있는 사람은 없다.

그나마 공정한 빌립?

그도 사람이다. 퇴근해야 하고, 그날 근무 장소는 계속 바뀐다. 탑에서 경계할지, 아니면 운동장 내부에서 경계할지 말이다.

오늘이야 운동장 내부 경계라 살았지, 탑에서 경계했다면 아마 오늘도 원호오는 끌려가서 강간당했을 거다. 최악의 경우 살해당했을 테고 말이다.

"차라리 이송해 달라고 하지?"

"이송이요? 뭐, 어디는 다르답니까?"

교도소는 거기서 거기다. 물론 최소 보안 등급 교도소가 있기는 하지만 그곳은 가고 싶다고 해서 갈 수 있는 곳이 아니다. 그렇잖아도 자리가 부족해서 난리인데 유색인종인 자신을 보내 주겠는가?

"마이스터에서 이번에 소송할 사람들을 구하는 모양이던데?"

"마이스터요?"

"잘 아나?"

"알죠. 저, 직업이 회계사였는걸요."

회계사가 어떻게 마이스터를 모르겠는가? 만일 돈이 없었다면, 그래서 피해자에게 어마어마한 돈을 주고 합의하지 않았다면 1년 8개월로 형량이 끝나지는 않았을 거다.

"그래, 거기서 해외에 교도소를 세운 모양이야."

"해외에? 그거랑 제가 무슨 관계가 있다고요?"

"마이스터에서는 미국의 죄수 중에 피해를 입은 죄수들을 설득해서 데려간다고 하더군."

"저희를 설득해요?"

"솔직히 자네도 알지 않나? 여기서 살아남을 수 있는 죄수가 얼마나 되나?"

갱단에 들어가지 못하면 죽거나 강간당한다. 갱단에 들어가면 그들에게 충성을 바쳐야 한다.

그러면 출소하고 끝일까?

아니다. 출소하고 나서도 그들은 계속해서 연락하고, 시키는 대로 하지 않으면 죽인다고 협박한다.

실제로 출소했다가 갱단의 요구로 살인하거나 범죄와 엮이면서 다시 교도소에 들어오는 인간들이 어디 한두 명이던가?

'차라리 그거라면 다행이지.'

자신은 미국과 중국의 이중국적자다. 일단 보호받아서 살아서 나갈 수만 있다면 그나마 중국으로 도피할 수라도 있다.

문제는 살아 나가는 거다.

당장 감옥에서 동양인을 받아 주는 갱단은 없다. 그렇다고 동양인이 뭉쳐서 갱단을 만들자니 그 숫자도 한 줌도 안 되고, 대부분의 범죄들이 화이트칼라나 자신처럼 실수로 교도소에 온 놈들이다.

물론 동양인 갱단 출신이나 강도 살인 같은 강력 범죄자가 없었던 것은 아니다. 하지만 동양인 갱이라고 모가지에 힘쓰던 놈들은 다른 갱단원들에게 개처럼 처맞고 꼬리를 말고 벌벌 떨며 길 수밖에 없었다.

한 명이야 어찌어찌 이긴다고 해도 자신을 죽이고 싶어 하는 수십 명의 인종차별주의자들을 혼자서 이길 수는 없었기 때문이다.

"그런데 마이스터에서 만든 교도소는 자네 같은 사람들을 데려가려고 한다더군."

"저 같은 사람이요?"

"사회에 나갈 수 있지만 교도소 내부에서 생존이 힘든 사람들 말이야."

이것이 법이다

그 말에 원하오는 귀가 번쩍 뜨였다. 그거라면 자신이 아닌가?

"빌립는 그걸 어떻게 아셨어요?"

"그제 카츠오가 그 사람들을 만났거든."

"그런데 카츠오가 그걸 저한테 말 안 해 줬다고요?"

"만나고 나서 바로 죽었어."

"끄응…… 그러면 그쪽이랑 접촉은 어떻게 하나요?"

"자네 변호사에게 이야기해 봐. 그쪽은 알 거야."

그 말에 원하오는 고개를 끄덕거렸다. 무슨 일이 있어도 여기서 나갈 생각에 그는 마음이 급했다.

⚖️

원하오는 어렵지 않게 마이스터에서 사람을 만날 수 있었다.

"그렇잖아도 연락드리려고 했습니다. 카츠오 씨가 원하오 씨도 소송에 참가하기를 원하셨거든요."

"그렇습니까?"

"네, 소송 피해자가 많을수록 유리하니까요. 참으로 안타깝네요."

그렇게 억울하게 살해당할 거라고 누가 예상이나 했겠는가?

"문제는 이게 처음도, 마지막도 아니라는 거죠."

"그게 무슨 말입니까?"

"어딜 가나 하위 10%가 있다는 거죠."

하위 10%의 죄수들은 살아남을 수가 없는 구조가 바로 미국의 평균적인 교도소 시스템이다. 단순 동양인만의 문제가 아니었다. 백인도, 흑인도 결국은 내부 갱단에 들어가지 못하면 살아남지 못한다.

"그나마 운이 좋아서 가입은 안 받고 상납만 받아도 보호해 주는 놈들을 만나면 그나마 다행인 거고요."

그런 조직이 있다면 외부에서 돈을 끌어와서라도 보호받는 게 불가능한 건 아니다.

최소한 그런 놈들은 상납받고 보호해 주는 거라 출소했을때 범죄를 강요하지는 않는다.

"하지만 악질이 더 많다는 게 문제죠."

"악질이요?"

"네, 똑같이 흑인이지만 흑인답지 않은 죄목이라서 괴롭힘당하는 분도 있더군요."

"흑인답지 않은 죄목이라니요? 설마 아동 성추행이라도 한 겁니까?"

"아니요."

그건 흑인답지 않은 죄목이 아니라 사람 같지도 않은 죄목이라 교도소에서도 사람 취급도 못 받고 간수들조차도 보호해 주지 않는다. 그래서 아동 성범죄자들의 상당수는 살아서 나오지 못한다.

"횡령이요."

"네?"

"화이트칼라 범죄로 왔던 사람입니다."

"허."

단순히 돈을 몇 푼 빼돌린 게 아니라 작심하고 내부에서 빼돌린 범죄자.

그게 왜 흑인스럽지 않은 범죄냐면 흑인들은 인텔리전트로 성공한 사람을 일종의 배신자로 보는 성향이 있기 때문이다.

외부에서 보면 뭔 개소리냐 싶겠지만 실제로 갱단 소속은 그렇게 많이 생각하는데 그런 범죄자가 왔으니까 집중적으로 괴롭혔던 것.

"중요한 건 그런 사람들이 의외로 많다는 겁니다."

지금까지의 조사 결과에 따르면 대략 하위 30% 이상이 그런 상황이다. 그나마도 갱단에 속하지 않은, 상납하는 사람이거나 아예 보호 대상이 되지 못한 사람을 기준으로 한 거고 자기가 살기 위해 갱단에 속하게 된, 어쩔 수 없는 피해자까지 포함하면 그 두 배 이상은 갱단에서 속해 있을 가능성이 높았다.

"그러면 그 사람들을 모아서 소송할 거라는 건가요?"

"네."

실질적으로 교도소 내부의 갱단 문제나 조직 간 문제를 단 한 번도 미 정부는 통제한 적이 없었다. 그러나 이건 생각보다 심각한 문제다.

"문제가 안 되는 건 문제 삼지 않았기 때문이죠."

어차피 범죄자니까 그 안에서 뒈지든 말든 신경도 안 쓰겠다. 그런 생각으로 방치한 게 사실이고 국민들도 그걸 신경 쓰지 않는다.

"하지만 그걸 소송한다면 이야기가 달라지죠."

교도소 내부의 갱단의 방치, 그리고 그들의 세력 장악, 이를 통한 범죄자의 양산 및 살인 등등.

"그러면 그 교도소는 어떻게 되는 겁니까?"

"저희 교도소는 해외에 자리 잡고 있습니다. 동티모르요."

그 말에 원하오는 흠칫했다. 동티모르는 전 세계에서 가장 가난한 나라 중 하나니까.

"물론 거기서 운영한다고 해서 시설이 열악하다거나 한 건 아닙니다. 도리어 여기보다 나을 겁니다."

노동력도 싸고 물건도 싸서 시설 확충에 돈이 덜 드니까.

물론 교도소라는 특성상, 그리고 미국에서 요구하는 표준 규격이 있는 이상 화려한 교도소 생활은 불가능하다.

"하지만 최소한 교도소 내부에 갱단이 만들어지지는 않을 겁니다."

그렇게 되면 그 관련자들을 돌려보내면 그만이니까.

"하지만 그 미국에서 해외로 범죄자를 보내는 걸 승인할지……."

"가능하죠."

마이스터의 변호사는 어깨를 으쓱하며 말했다.

"결국 모든 건 돈이 중요한 거 아니겠습니까? 후후후."

시스템보다는 돈

미국은 인권 국가라고 자부한다. 물론 그건 자칭이고, 그래서 누군가가 미국에서 자국 내 인권에 대해 물고 늘어지는 걸 상당히 싫어한다.

그런데 그런 대상이 다른 곳도 아닌 마이스터, 그것도 최강의 로펌이라 소문이 자자한 드림로펌이라는 사실에 미국 내부는 발칵 뒤집어졌다.

더군다나 피해자가 한두 명도 아니고 무려 2,300명이나 된다.

"미국의 교도소는 갱단에 속하지 않으면 보호받지 못하는 구조로 되어 있습니다. 그리고 미 정부가 그러한 갱단의 통제를 포기해 사실상 교도소 내부에서 갱단이 통제하고 있는 상황입니다. 그리고 미 정부는 그걸 방치하고 있습니다."

미 정부에 대한 죄수 2,300명의 소송. 그리고 그걸 미 정부는 심각하게 받아들일 수밖에 없었다.

그 보고를 들은 빌 웨이든은 혀를 내두를 수밖에 없었다.

'허? 이런 식이라 이건가?'

어떻게 해야 미 정부의 범죄자 해외 유출을 허락할 것인가?

그 부분은 빌 웨이든이 어찌할 수 있는 부분이 아니었다. 왜냐하면 그건 법을 고쳐야 하는 영역이고 그건 상원과 하원의 영역이기 때문이다.

아무리 빌 웨이든이 대통령이라고 해도 그걸 마음대로 결정할 수는 없다.

'그렇다고 수천 명이나 되는 의원들을 다 설득할까 했더니.'

상원과 하원에서 이걸 고쳐야 하는데, 문제는 그들이 이권이나 여러 가지 문제로 꽁꽁 묶여 있다는 것이다. 당연히 로비하기 위해서는 그런 이권 이상의 수익을 챙겨 줘야 하는데 그게 쉬울 리가 없었다.

'그런데 이권이 아니라 협박이라니?'

이건 겉으로 보기에는 소송이지만 협박이다. 그것도 미국의 사법 체계를 무너트릴 정도의 협박.

"각하?"

"응? 아닐세. 그냥 상황이 좀 웃겨서 그러네. 잡생각이 많았구먼. 그래서, 보고를 어디까지 했지?"

"일단 전문가들은 이 상황이 커지는 걸 어떻게든 막기 위해 노력 중입니다만⋯⋯."

"아니, 막는 걸 말고 그거야 당연한 거 아닌가? 이게 말도 안 된다고 생각하는 건 아니잖나?"

"그건 그렇습니다. 증거도 많고 증인도 많고 일단 피해자들도 너무 많고⋯⋯."

전 세계에서 가장 범죄자가 많은 나라. 그 맹점이 드러나는 중이었다.

"일단 각 민간 교도소 운영 주체는 뭐라고 합니까? 국영 교도소 쪽은 뭐라고 하고요?"

"사실상 그걸 부정하지 못하고 있습니다. 결국 돈이 문제니까요."

민간 교도소의 경우는 돈 때문에 통제할 수가 없었다. 그걸 통제하기 위해서는 더 많은 인원, 더 많은 감시 시스템이 필요하고 더 많은 인원은 더 많은 돈이 들어가기 때문이다.

돈 때문에 통화도 유료화하는 교도소 입장에서 더 많은 돈은 용납할 수 없었기에 결국 교도소 내부를 갱단이 점령하는 걸 두고 볼 수밖에 없었다.

"국영 교도소에서도 비슷한 문제를 겪고 있고요."

교도소에서 근무하는 교도관들의 평균 수명은 60년이다. 요즘 같은 시대에 왜 그런 일이 벌어지느냐?

간단하다. 갱단이 활개 치니까 교도소 내부에서 뭔가 수틀린다? 그러면 갱단은 밖에 있는 갱단에 한마디만 전달하면 된다.

그러면 갱단이 넘치는 범죄자를 이용해서 밖에서 교도관과 그 일가족을 죽여 버리는 건 일도 아니다.

"실제로 갱단 내부에서 온갖 부패가 벌어져도 그걸 막는 데 한계가 있습니다."

실제로 교도소 내부에 핸드폰이나 마약이 도는 건 흔한 일이다. 점검할 때 그게 발견되면 수거해 가지만 딱 거기까지. 그에 관련된 형사처벌은 이루어지지 않는다.

그걸 빼앗아 가는 거야 갱단에서 묵인하지만 그걸로 추가로 처벌하려고 하면 갱단을 동원해서 죽여 버리기 때문이다.

"허, 지금 그러면 필리핀이나 베트남 같은 동남아 국가들이랑 별반 다르지 않은 거 아닙니까? 차이가 난다면 시설이 좀 더 좋다는 정도밖에 안 되지 않습니까!"

빌 웨이든은 아주 심각하게 말했다. 미리 노형진에게 이야기를 들어 두기는 했지만 그래도 황당했다. 다른 곳도 아닌 천하의 미국이 이 꼴이라니.

"그 동남아 국가랑 비교하기는 좀……."

"거기다 갱단이 교도소를 관리한다면서요?"

"……."

"그러면 동남아 국가하고 똑같은 거 아닙니까?"

"그래도 그 정도까지는 아닙니다."

"그래요? 그러면 이번 소송에서 이길 수 있습니까?"

"……."

그 말에 각 장관들은 아무런 말도 할 수가 없었다. 워낙 증거가 확실하게 박혀 있기 때문에 부정할 수도 없었다.

"그건 힘듭니다."

"결국 그러면 미 정부가 통제력을 상실했다는 거군요."

미 정부가 통제력을 상실했다. 그런 경우에는 심각한 문제가 생긴다. 미 정부가 통제해야 하는 필수 공간을 통제 못 했으니 그 손해배상을 해야 한다는 것.

아니, 미국 정부는 그렇다고 쳐도 다른 문제가 있다. 바로 민간 교도소들이다.

"이번 일로 민간 교도소들의 상황이 곤란해졌습니다."

"어째서 말인가?"

"교도소에는 죄수들의 보호 책임이 있습니다."

교도소는 단순히 가두어 두는 공간이 아니다. 물론 보호라고 해서 죄수를 무조건 살려서 보내야 한다는 것은 아니다. 때때로 불가항력이라는 것이 있으니까.

자기가 죽겠다고 지랄 발광하는데 살리는 데에도 한계가 있다.

"그런데 이 갱단에 매년 죽은 사람들이 한둘이 아니고."

거의 절대다수의 범죄자들의 가족들은 그런 경우 억울해하면서도 그 책임을 단 한 번도 교도소 쪽에 물어본 적이 없었다. 왜냐하면 살인을 한 건 교도소가 아닌 갱단이니까.

그리고 대부분은 그 손해배상은 포기한다. 일단 교도소에 있는 갱단이 돈이 있을 리가 없고, 역으로 그 갱단에 돈을 요구했다가는 까딱 잘못하면 밖에 있는 같은 갱단에 의해 가족이 모조리 살해당할 가능성이 있기 때문이다.

"하지만 지금 상황이 좀 달라졌습니다. 드림로펌에서는 각 민간 교도소의 관리 책임에 대해 심각하게 물고 늘어지고 있습니다."

"끄응."

교도소 내부의 갱단을 관리하고 통제하는 것은 교도소의 책임이다. 그리고 그걸 귀찮다는 이유로, 그리고 돈이 안 된다는 이유로 방치한 게 바로 민간 교도소들의 운영 주체들이다.

"그들에 대해 소송한다고 소문이 파다합니다."

"그거…… 절대다수가 파산하겠군. 드림로펌의 성격상 일단 무조건 징벌적 손해배상을 청구할 테니까."

"맞습니다."

물론 그게 모두 다 징벌적 손해배상이 인정되지는 않을 거다. 애초에 징벌적 손해배상이라는 것은 다시는 이런 짓을 하지 못하도록 경고한다는 개념이 강하기에 그게 한번 인정되면 다른 비슷한 사건에서는 인정되지 않는다.

"하지만 그것과 별개로 결국 갱단을 방치한 책임에서 벗어날 수는 없으니까요."

미국 전역에서 매년 감옥에서 살해당한 숫자는 수백 명은 넘을 거다. 그리고 그들에 대한 보상은 단 한 번도 제대로 진행된 적이 없다.

"그게 닥친다고 생각하면 배상금이 미친 듯이 늘어날 겁니다."

열악한 환경? 그건 죄수 입장에서 어쩔 수 없는 영역이다. 교도소에 들어간 건 자기들이 범죄를 저질렀기 때문이고, 교도소의 열악한 환경은 한정된 예산의 영역인데 그걸로 항의할 수는 없다.

소위 말하는 업보의 영역이니까.

그렇기에 음식이 개판으로 나와서 배가 고파도, 음식이 너무 부실해서 라면으로 내부에서 거래를 해도 결국 어쩔 수 없다.

"하지만 갱단은 다르지 않습니까?"

아무리 예산 타령해도 범죄자를 처벌하고 교화하기 위해 만들어진 교도소 내부에서 갱단이 생겨나 실권을 쥐고 죄수들을 통제하고 살인까지 한다는 것은 용납할 수 없는 일이다.

"최소 수십만 달러에서 수백만 달러를 배상하게 될 것 같습니다."

그것도 개인당이다. 상황에 따라 달라지겠지만 방치한 게 확실하다면 더더욱 그렇다.

"특히⋯⋯."

"특히?"

"외국인 같은 경우는 더 곤란합니다."

"뭐라고? 왜?"

"예를 들어 얼마 전에 있었던 살인 사건 말입니다."

모 민간 교도소에서 벌어진 살인 사건, 일본인을 사형수가 살인한 사건.

"그 사건 이전에 해당 죄수와 다른 아시아계 죄수들이 괴롭힘에 대해 이야기하고 몇 번이나 도움을 요청했다고 합니다."

격리해 달라고 하든가 아니면 갱단을 통제해 달라고 수십 번을 말했지만 해당 교도소에서는 신경도 쓰지 않았다고 한다. 그런 요구를 한 게 처음도 아니었고 마지막도 아닐 테니까.

"그랬는데 죽었죠."

그것도 몇 번이나 인종차별 범죄를 일으킨 사형수가 사람을 죽였다.

"이미 드림로펌에서 해당 교도소 관리 주체에게 징벌적 손해배상을 청구했습니다. 그리고 무난하게 이길 거라 생각됩니다."

"확실한가?"

"네, 그렇습니다. 증거가 너무 명확합니다."

단순히 간수를 통해서만 한 게 아니다. 서류를 통해, 정식 절차를 통해, 심지어 변호사를 통해서도 항의하고 도움을 요청하고 별의별 짓을 다 했다.

매일같이 두들겨 맞고 동성에게 강간당하는 사람 입장에서는 무슨 수를 써서라도 그 상황에서 벗어나고 싶었을 테니까.

"그런데 그걸 모른 척한 게 타격이 큽니다."

지금까지 문제가 된 적이 없고 어차피 나가면 그만, 아니면 죽어도 어쩔 수 없다고 생각했었다. 인간은 과거의 기억이 너무 안 좋으면 꺼내려고 하지 않기 때문이다. 아마도 그냥 출소했다면 높은 확률로 똥 밟았다고 잊어버렸을 거다.

더군다나 일본인이니 출소와 동시에 추방당할 테고 미국에서 뭘 할 여력도 되지 않았을 거다.

하지만 하필이면 죽었고, 하필이면 노형진의 눈에 들어왔으며, 하필이면 드림로펌과 연계된 새론이 전 세계에 지점을 보유한 로펌이라 피해자 유가족으로 찾는 게 어렵지 않았기에 의뢰를 받고 소송하기가 수월했던 것.

더군다나 드림로펌은 피해자들의 증언이나 주변의 충분한 증언을 확보한 상태라 고의적으로 구조 요청을 무시했다는 것을 부정할 수 없는 상황.

"아마도 해당 교도소는 파산할 겁니다. 아니, 민간 교도소 거의 대부분이 파산할 걸로 보입니다."

"허."

그 말을 하자 다른 장관들도 그걸 부정하지 못하고 입맛만 다셨다. 그러나 그 말을 들은 빌 웨이든은 정신이 번쩍 들었다.

'파산?'

파산하는 교도소는 어떻게 될까? 당연히 매물로 나올 거다. 사업체니까.

문제는 그곳을 과연 누가 사느냐는 거다.

살 곳이 없다. 물론 전이라면 사업에 개입하고 싶어 하는 곳이 있을 거다. 하지만 이번 사태로 인해 미 정부의 개입이 확실시되면 수익을 그다지 기대하기도 힘들다.

그렇게 되면?

'다시 국영화를 도와준다는 게 이런 건가?'

매물이 나오면 헐값에 살 수 있는 절호의 기회다. 온갖 조건과 감사를 붙여 버리면 구매하려는 기업은 질려서 손을 떼어 버릴 테니 결국 구입할 곳은 미 정부뿐일 테니까.

'어쩌면 이게 기회일지도 모른다.'

죄수 공장이라 불리는 미국의 교도소를 정상화할 수 있는 기회. 그러기 위해서는 단 한 가지 문제만 해결하면 된다.

"잠깐, 그러면 교도소들에 있는 죄수들은?"

"그게, 복잡합니다."

미국에서 모든 죄수들을 민간 교도소에 두는 것은 아니지만 높은 비율로 민간 교도소에 위탁하는 것은 사실이다.

그런데 그들이 파산한다?

그러면 그곳에 있는 엄청난 숫자의 죄수들을 국가에서 관리하는 교도소로 이감해야 한다.

그렇잖아도 죄수들을 가두어 둘 자리가 없어서 지옥같이

힘든 게 현재 교도소 상황이다. 그런데 그곳에서 추가로 민간 교도소에 있던 죄수들을 옮겨 온다?

"감당 못 할 겁니다. 아마 상당수 죄수들을 가석방해야 할지도⋯⋯."

"끙, 그 정도입니까? 아무리 그래도 단순히 갱단 문제로 그 지경까지 된다고요? 이해가 안 가는군요."

그 말에 장관들이 서로 눈치를 살피기 시작했다. 그 모습을 본 빌 웨이든은 자신이 모르는 게 있다는 것을 알아차리고 심각한 얼굴로 되물었다.

"뭡니까? 나한테 말 안 한 게 있습니까?"

"그게⋯⋯."

"말하세요. 저도 알아야 대응책을 세우지 않겠습니까?"

"교도소가 사법 시스템에 개입했습니다."

"뭐요?"

그 말에 빌 웨이든은 귀를 의심했다.

"뭔 소리예요? 교도소가 왜 사법 시스템에 개입합니까? 아니, 그럴 수가 있습니까?"

"그게⋯⋯."

"똑바로 말 안 해요!"

빌 웨이든은 분노해서 목소리를 높일 수밖에 없었다. 왜냐하면 갱단을 방치하는 것과 사법 시스템에 개입하는 것은 완전히 다른 문제이기 때문이다.

갱단의 방치야 부작위지만 사법 시스템의 개입은 작위, 즉 대놓고 범죄를 저지른 것이다. 그것도 연방 정부를 대상으로 말이다.

"그……."

쾅!

"이봐요. 내가 만만해 보여요? 똑바로 말하라고 하지 않았습니까!"

"죄수들의 형량에 개입했습니다."

"뭐요? 형량 개입?"

"네."

민간 교도소들에서는 죄수를 수감하면 돈을 받는다. 그래서 하는 말이 있다, 황금알을 낳는 사업이라는.

"그리고 죄수를 받기 위해 판사에게 최대 형량을 선고하도록 한 증거가 나왔습니다. 그리고 그걸 쥐고 있는 게 마이스터고요."

"미친? 돈 겁니까? 아니 죄수가 부족하면 이해라도 하지, 죄수가 넘쳐서 자리가 없어서 난리인데. 뭐요? 형량을 늘려요?"

"그게, 관리가 쉬운 죄수가 있고 관리가 어려운 죄수가 있고……."

관리가 쉬운 죄수는 최대 형량을 때리게 한 다음에 자기들이 가져가고, 반대로 관리가 힘든 강력 범죄자들은 뇌물을 주고 국가에서 관리하는 교도소로 보냈던 것.

"허?"

그 결과, 황당하게도 선량할수록 그리고 착할수록 그리고 개정의 여지가 있을수록 범죄자가 더 심각한 처벌을 받는 괴상한 구조가 드러났다.

"드림로펌에서 그걸 쥐고 터트렸습니다. 그리고 또⋯⋯."

"또오?"

'또'라는 말에 빌 웨이든은 머리가 아파 왔다.

"또 있습니까?"

"가석방에도 개입했습니다."

"가석방이요?"

"네."

미국에서는 가석방의 기준이 여유로운 편이다. 그래서 최종 형량의 10% 이상의 시간만 지나면 가석방 대상이 되고는 한다. 그래서 50년씩 형량을 받은 놈들이 5년 만에 나오는 경우도 종종 있다.

"그런데 모범수들을 고의적으로 가석방에서 누락시켰습니다."

"뭐요? 왜요?"

"똑같은 이유에서입니다."

관리의 편리성 때문이다. 관리가 편하다는 것은 돈도 적게 들고 저항도 덜하다는 뜻이니까.

"그러니까 상대적으로 범죄가 더 약할수록 처벌이 더 강해지고 심지어 가석방도 못 한다? 교도소 내부에서 문제를 일으키는 죄수일수록 가석방이 쉽고?"

"네, 지금으로서는 드림로펌이 교도소 내부에 사망자에 대해 문제 삼고 있지만 조만간 그것도 터질 겁니다."

그 말에 빌 웨이든은 목이 서늘해졌다.

'내가 비록 알아서 하라고 하기는 했지만.'

이 정도인 줄은 아예 꿈에도 생각도 못 했다. 자신도 모르는 사이에 이런 비리가 일어났을 줄이야.

'끄응.'

앞으로 벌어질 상황에 빌 웨이든은 신음이 입 밖으로 흘러나오려는 것을 꾹 참았다.

"당장 모든 교도소에 전수조사 하세요. 그리고 모든 교도소에서 갱단이 있는지 확인하고 와해시킬 방법을 만드세요."

"하지만 그게 쉬울까요?"

"만들어 오라고 했습니다!"

"네, 각하."

결국 고개를 끄덕거리며 나가는 장관들을 보면서 빌 웨이든은 이마를 짚었다.

"도대체 이걸 어떻게 해결하지?"

⚖️

미국은 엄벌주의를 표방한다. 나쁜 건 아니다. 한국처럼 선처 주의를 표방하면 웃으면서 사람을 죽이는 게 인간이니까.

문제는 그것과는 별개로 그걸 운영하기 위한 시스템 개발에는 관심이 없었다는 거다.

"이거야 원. 주먹구구식도 이 정도일 줄은 몰랐습니다."

오랜만에 미국으로 함께 들어온 로버트는 혀를 내둘렀다.

코델09바이러스 이후에 한국에 거처를 두고 살던 로버트였지만 이번만큼은 워낙 큰 건이기에 직접 미국에 들어온 것이다. 그런 그의 손에 들린 교도소 내부 운영 보고서는 주먹구구식의 전형이었다.

"뭐, 이딴 식으로 운영한 건지 모르겠네요. 그나마 국영 교도소는 이해라도 합니다."

공무원이라는 조직이 얼마나 느리고 비효율적인지 로버트도 안다. 미국의 공무원 조직이라고 다를까? 도리어 한국보다 더하면 더했지, 덜하지는 않는다.

오죽하면 미국의 애니메이션에서 공무원을 죄다 나무늘보로 표현했겠는가? 미친 듯이 느리고 미친 듯이 게으르기 때문이다.

"그런데 민영 교도소는 왜 이따위인지 모르겠네요."

"뻔하죠. 인재가 거기로 가겠습니까? 그리고 지역 토착 기업의 한계라는 거죠."

노형진의 말에 로버트는 바로 알아들었다. 그도 투자 전문가라 어떤 기업이 어떤 문제를 가지고 있는지 금방 알아들을 수 있었으니까.

"토호 기업 느낌이라는 거군요."

"맞습니다. 더군다나 황금알을 낳는 사업 아닙니까?"

기업은 경쟁해야 발전한다. 그건 상식이다. 경쟁이 없는 기업은 발전하기는커녕 도리어 후퇴하기 마련이다.

그런데 민간 교도소라는 곳이 과연 발전할까?

아니다. 그럴 수가 없다.

선진 운영 기법? 효율적인 죄수의 통제? 그건 중요한 게 아니다.

어떻게 더 돈을 뜯어먹을 것인가.

주먹구구식으로 운영하면서 정부에서 주는 돈을 한 푼이라도 더 뜯어먹기 위해 음식의 질을 낮추고 서비스를 유료화하는 방식으로 운영된다.

"이해가 안 가는군요. 도대체 왜 이 황금 노다지를……."

"노다지니까요. 아무것도 안 해도 돈이 들어오는데 과연 일을 하겠습니까?"

"하긴 그러네요."

"당장 노역만 해도 그렇습니다."

교도소마다 다르지만 이 보고서의 교도소는 강제 노역에 대한 임금을 지급하지 않는다. 즉, 무료 노동력이라는 거다.

"저 같으면 그 공짜 노동력을 외부에 돌리지는 않을 겁니다."

내부에서 뭔가 생산할 때 엄청난 수익성과 경쟁력을 확보

할 수 있는 수단이다. 노형진이라면, 아니 제대로 사업하는 사람이라면 그 대신에 그 노동력을 이용해서 엄청나게 낮은 단가로 주변에 물품을 제공해서 역으로 시장을 장악하려고 할 거다.

그러나 해당 교도소는 주변에서 좋게 말하면 기부금, 나쁘게 말하면 뇌물을 받고 노동력을 제공하고 있다.

"그것도 그거지만 이해가 안 가네요. 아무리 그래도 식비가 너무 낮은데요. 이게 음식입니까? 물론 죄수들에게 좋은 음식을 줘야 한다는 건 아닙니다만."

죄수들에게 좋은 음식을 주는 걸 원하는 사람은 아마 없을 거다. 하지만 그렇다고 해도 죄수의 생존을 위한 최소한의 음식은 제공하는 게 정상이다.

그런데 아무리 죄수라지만 평균적인 식사가 멀건 수프 한 그릇, 비스킷 네 개, 그리고 생당근 세 조각 그리고 빵과 삶은 달걀 한 개가 전부다.

"그것도 계획일 겁니다. 아, 이것도 인권침해를 이유로 소송해야겠네요."

"네? 이걸로요?"

"네."

"이게 왜요?"

"내부에 매점이 있지 않습니까?"

"아! 그걸 생각 못 했네요?"

"한국인이라면 다 알죠."

"어째서요?"

"군대에서 당했거든요."

한국군의 급식은 부실하기로 소문났다. 코델09바이러스 당시에는 아예 밥도 부족해서 난리였다. 물가가 오른 걸 반영하지 않은 데다 중간에 빼돌리는 새끼들이 많아서 그렇다.

"그래서 군 내부에 편의점을 만들어 둡니다."

"편의점이요? 아, PX 말씀이군요."

"아니요. 편의점입니다."

"네? 어째서요?"

"그래야 더 뜯어먹거든요."

PX를 만들어 두면 싼 가격에 병사들이 혜택을 볼 수 있지만 그 대신에 위에서 해 처먹거나 빼돌리는 데 한계가 있다.

하지만 편의점은 다르다. 편의점이 입점할 때는 막대한 돈을 해당 부대에 내야 하는데 그건 스리슬쩍 횡령하기도 쉽다.

받은 돈은 3천만 원인데 1천만 원 받았다고 이중 계약해서 보고하면 그만이니까.

"그 대신에 편의점에서는 독점권을 가져가지요."

당연히 필요 이상으로 돈이 들었으니 해당 편의점주는 수익을 내기 위해 군 내부인데도 불구하고 외부보다 더 비싸게 팔기도 한다.

문제는 독점이니 어쩔 수 없이 이용해야 한다는 거다.

"그런 독점 시스템은 사실 한국에서 흔합니다."

학교의 매점이라든가 공사장의 함바집이라든가 하는 곳들은 독점으로 운영되기에 매년 어마어마한 수익을 낸다.

"음식이 나쁜 건 단순히 돈의 문제가 아니라 이거군요."

"맞습니다."

물론 예산이 없다는 핑계도 된다지만 의외로 급식에 들어가는 음식의 단가는 그다지 높지 않다. 대량 구매 대량 소비 시스템이기 때문이다.

더군다나 조리조차도 죄수들을 이용하니까 인건비도 안 들어간다.

그럼에도 질이 나쁜 이유는 간단하다.

"그래야 매점에서 뭐라도 사 먹으니까요."

"그런가요?"

"그리고 다른 것도 있습니다."

"다른 거?"

"미국 교도소에서는 동성 강간이 아주 심하죠."

"그렇죠?"

"그래서 거의 모든 죄수가 운동에 집착합니다."

일단 근육이 있고 저항할 힘이 있으면 동성 강간의 대상에서 좀 멀어진다. 상대방이 저항할 수 있는데 위험부담을 감당하려는 사람은 별로 없으니까.

더군다나 근육이 나오고 남성적인 모습을 보일수록 더더

욱 매력이 떨어지니까.

"그런데 이 식단은 뭐가 부족한 것 같습니까?"

"어…… 고기가 없군요."

"네, 이 정도면 아예 단백질이 없다고 봐도 무방한 수준이 거든요."

그리고 근육을 만들기 위해서는 단백질이 필수다. 설사 닭 가슴살 같은 양질의 단백질이 아니더라도 소시지나 스팸 같은 저질의 단백질을 충분히 먹어야 한다.

"잘 아시네요?"

"군대에 관련해서 비슷한 일이 있었거든요."

군 내부에서 운동을 강요하면서도 식비를 아낀다는 이유로 단백질 공급을 안 해서 결국 사망 사건까지 발생한 적이 있었기에 노형진은 운동할 때 단백질이 얼마나 필요한지 잘 알고 있었다.

"이 식단을 보세요. 단백질은 거의 제로 수준입니다."

그나마 든 단백질이 계란. 그것도 하나 정도.

다른 식단도 마찬가지다. 기껏해야 소시지 두 개 정도.

"죄수들의 사이에서 근육질은 생존의 수단이자 동시에 방어 수단입니다."

당연히 단백질이 없으면 그 몸을 유지 못한다. 그러면 그걸 어디서 섭취해야 할까?

"제가 알기로는 교도소 매점에서 단백질 파우더나 닭가슴

살 같은 건 안 팔걸요."

기껏해야 소시지 또는 스팸 정도. 그런데 그런 건 상대적으로 저품질의 단백질이라 더 많이 먹어야 한다.

"하? 이것도 계획이라고요?"

그걸 보고 기가 막힌 로버트였다.

"돈을 버는 방법은 가지가지니까요."

"그런 것까지는 생각 못 했는데 말이죠."

로버트는 서류를 내려놓으면서 쓰게 웃었다.

"원래 정공법으로 성장할 수 없다면 택할 수 있는 다른 방법은 제 살 깎아먹기뿐이죠."

교도소 사업이라는 게 그렇다. 미국 정부도 더 이상 민간 교도소를 늘리지 않는 상황에서 추가적인 사업을 할 수도 없으니 내부에서 악착같이 돈을 빨아먹을 방법을 찾기 시작하는 거다.

"일단 이 부분도 소송 대상에 넣어 두겠습니다."

"그러세요."

"그나저나 이제 슬슬 국회의원들이 난리가 났을 텐데요."

"그럴 겁니다. 문제는 아무리 그들이라고 해도 이번 소송을 막을 수는 없다는 거죠."

소송을 건 로펌이 상대적으로 약한 로펌이나 개인 변호사도 아니고 마이스터와 드림로펌이다.

심지어 그냥 조용히 일하는 것도 아니다. 드림로펌과 마이스터는 언론을 통해 인권침해와 인종차별 그리고 그로 인한 수십 건의 살인에 대해 떠들고 있다.

제아무리 국회의원이라고 해도 그건 덮지 못할 거다.

"수감선은 준비되었나요?"

"네, 충분히요."

"좋습니다."

노형진은 자신 있게 웃었다.

"이제 교도소를 오픈해 볼까요? 후후후."

민간 교도소는 돈을 많이 번다. 그러나 모든 사업이 다 그렇듯이 그 돈은 이미 투자자들에게 다 줘서 남은 게 별로 없었다.

"말도 안 되는 소리야, 이건!"

"하지만 이대로는 교도소들이 모두 폐쇄당할 수도 있습니다. 정부에서는 이걸 막을 생각이 없어 보입니다."

"아니, 그러면 죄수들은 어쩌고?"

"이참에 정부에서는 아예 민간 교도소의 숫자를 줄일 계획인 것 같습니다."

"끄응, 그런 기조야 하루 이틀이 아니지 않소?"

"그건 그렇죠. 문제는 그걸 버틸 만한 힘이 이제는 없다는 겁니다."

"제가 관리하는 교도소도 이번에 소송당했는데 그 소송 금액만 3천만 달러입니다."

"거기는 또 뭔 짓을 했는데요?"

"가석방 대상이었는데 가석방 심사 위원에게 돈을 주고 무려 12년을 더 잡고 있었답니다."

"미쳤군."

"당신네 쪽 교도소는 그나마 낫소. 내 쪽은 망하게 생겼어요."

"왜요?"

"살인이요. 그것도 고의적인 살인."

"그거야 죽인 놈이 문제 아닙니까?"

"그랬으면 문제 될 것도 없지. 죽일 놈이 있다고 자리 만들어 달라는 요구를 들어줬답니다."

"미친 겁니까?"

"어쩔 수가 없었답니다. 그 갱단이 워낙 교도소 내부 세력들을 꽉 잡고 있어서."

"아니, 아무리 그래도 그렇지."

당황스러운 상황에 각 의원들, 특히 민간 교도소들과 손잡고 있던 상하원의 의원들은 다들 모여서 대응책을 세우려고 노력했다. 하지만 방법이 없었다.

"걸린 게 한둘이 아니에요. 이러다가 다 죽게 생겼어요."

실제로 일부 민간 교도소들은 다급하게 파산 절차를 알아

보고 있기도 했다. 이건 못 이기겠다 싶으니 차라리 문을 닫아서 지금까지 번 돈이라도 지키려는 것이다.

"그러면 지금 상황을 어떻게 해결해야 한다는 겁니까?"

"그게 문제예요."

교도소들을 갑자기 닫을 수도 없고 그렇다고 이제 와서 제 3의 교도소를 만들어 낼 수도 없다.

"그러면 남은 곳은 한 곳뿐이군요."

바로 동티모르에 있는 마이스터의 교도소였다.

"끄응, 그쪽에서 뭐라고 했죠?"

"범죄자가 동의한 경우 동티모르에서 형량을 채울 수 있게 해 주겠다고 했지요."

"후우~ 그때는 그냥 개소리라고 생각했는데 말입니다."

처음에 그런 제안이 들어왔을 때만 해도 사람들은 헛소리한다고 생각했다.

그것도 당연한 게, 황금알을 낳는 사업이 바로 이 민간 교도소 사업이다. 그런데 그러한 민간 교도소 사업을 해외로 이주한다? 그럴 리가 없지 않은가?

나라에서 적자를 보든 뭘 하든 사실 정치인들에게 중요한 건 막대한 정치자금을 받는 것이고, 민영 교도소는 그러한 막대한 정치자금을 받는 데 최고의 선택지 중 하나였다.

"그런데 정치자금은커녕 현시점에서 민영 교도소의 절대다수가 살아남지 못할 거라고 의심되고 있으니."

더군다나 정치적 압력이나 금전적 압력이라면 그나마 정치권에서 어떠한 방법이라도 써 보겠는데, 그것도 아니고 명백하게 그들의 부실 또는 그들의 범죄로 인해 이런 상황이 벌어진 것이라 정치권에서 그들을 돕기가 애매했다.

"차라리 잘된 거 아닙니까?"

그런데 누군가가 입을 열었다.

"뭔 소리요, 그레고리 의원?"

"어차피 죄수들 자리가 없어서 난리 아니던가요?"

"으음……."

"그리고 우리한테 얻는 게 있으면 잃는 것도 있지 않습니까?"

"하기야, 요즘 유통 업체들이 난리긴 하지."

유통 업체들은 매년 몇 조 단위의 손실에 죽어 나가고 있었다. 왜 그러냐면 정부에서 대놓고 아예 100만 원 이하 절도는 처벌하지 않겠노라고 선을 그어 버리는 바람에 아예 갱단이 마트를 급습해서 그곳을 털어 가고 있었기 때문이다.

그걸 막자고 그곳에서 총격전을 벌일 수도 없으니 유통 업체들의 불만이 늘어나고 있었던 것.

"그러니까 차라리 그 규정을 없애고 제대로 처벌합시다."

"하지만 선처 주의에 따르면……."

"이봐요, 게런 의원. 툭 까고 말해서 선처 주의고 뭐고 말장난 아닙니까? 지금 죄수들 자리가 없어서 그 지랄 난 거 아닙니까?"

실제로 미 정부가 그런 극단적 선택을 한 이유는 간단하다. 교도소에 자리가 없으니까.

꾸역꾸역 넣으려고 하면 넣을 수 있겠지만 그랬다가는 당연히 인권 단체들이 발칵 뒤집어질 거다. 그걸 알기에 어쩔 수 없이 최대한 형량을 줄일 수밖에 없는 게 현재 미국의 현실이다.

"그런데 보세요. 동티모르의 교도소의 운영비는 아주 저렴합니다."

미국 교도소 운영비의 고작 10분의 1이다. 이미 교도소가 완성되어 있기까지 하다.

"하지만 시설이……."

"제이슨 의원, 설마 그쪽에서 제공한 자료도 안 본 겁니까? 우리 쪽의 어지간한 교도소 이상으로 잘되어 있습니다."

샤워 시설도 잘되어 있고 운동장도 잘되어 있고 수감 시설도 깔끔하다. 미국의 낙후된 기업에서 운영하느라고 개선도 하지 않은 교도소들에 비하면 완전 새로 지은 교도소는 깔끔하기 그지없었다.

"그래요?"

"제대로 한번 보세요. 시설이 나쁘지는 않습니다."

"나도 그 설명서를 보기는 했는데……."

듣고 있던 게런 의원이 그레고리 의원에게 불만족스러운 얼굴로 말했다.

"시설 자체는 잘되어 있더군요. 그런데 경비 시설이 좀 떨어지던데."

높다란 콘크리트 담 대신에 몇 겹의 철조망으로 되어 있었기에 뚫고자 하면 외부에서 너무 쉽게 뚫을 수 있었다.

"아무리 그래도 마이스터에서 그곳을 지을 때의 비용을 아끼려고 한 것 같은데."

"그건 그러겠지요. 그런데 솔직히 말해서 거기에 콘크리트로 지은 담이 왜 필요합니까?"

"그게 무슨 말이오, 그레고리 의원?"

"거기는 미국이 아닌 동티모르예요. 거기에서 탈출해서 뭘 어쩔 건데요? 더군다나 거긴 섬입니다."

"확실히 섬이기는 하죠."

섬이지만 그래도 작지 않은 섬이다. 아예 미국의 알카트라즈처럼 섬 자체가 교도소라면 모를까, 제법 큰 섬이다 보니 공간이 넓다.

"그러니까 거기서 탈출할 방법이 없다는 겁니다."

"탈옥하려면 어떻게든 하겠던데."

"그래요. 탈옥하려면 할지도 모르죠. 그런데 외부의 인원이 어떻게 도와줍니까?"

미국의 경우는 외부에서 도와줄 만한 놈들, 즉 갱단이 있다. 그래서 실제로 갱단이 외부에서 온갖 물품들을 반입해 주고 탈출을 도와주기도 한다.

"그런데 동티모르까지 가서 도와줄 만한 갱단이 있습니까?"

"음…… 확실히……."

미국처럼 입국과 출국에 까다로운 나라가 없다. 갱단이고 범죄 이력이 있다면 출국도 쉬운 게 아니다.

애초에 어찌어찌 출국한다고 한들 동티모르에서 뭘 할 수 있겠는가? 기반 시설도 없고 아무것도 없는데.

"무기요? 그래서 뭐, 독립한 지 얼마 안 된 나라니까 어찌어찌 소총 정도야 구할 수 있겠죠."

그런데 소총 몇 자루 들고 사중 철조망으로 이루어진 교도소를 공격해 뚫고 들어가서 갱단원을 빼낸다? 그게 가능할까?

설사 어찌 빼냈다고 한들 그들을 데리고 미국으로 데려올 수나 있을까?

게다가 그곳에서 탈출할 방법이 없다. 섬이니까 배를 구하기도 쉽지 않으니까.

"어찌어찌 배를 구한다고 칩시다. 물론 그들이 생각하는 수준의 배는 거의 없을 겁니다."

동티모르의 현실적인 상황상 그들이 구할 수 있는 건 근해용의 나무 보트 정도가 대부분일 거고 원양은커녕 본토로 넘어오는 배들도 구하기 힘들 거다.

어찌어찌 구한다고 한들 그곳에서 다시 미국으로 입국하는 건 불가능.

"그러면 그곳에서 숨어서 살아야 하는데 미국이 아니지 않습니까?"

미국에서는 도망하기도 쉽고 국토가 워낙 넓다 보니까 탈출해서 어디에 숨어 버리면 찾는 것도 거의 불가능하다.

하지만 교도소가 있는 곳은 동티모르다. 그나마 사람이 사는 곳도 거의 절대다수가 전기가 안 들어오고 수도 시설도, 샤워 시설도 없으며 치료도 못 받는다.

"막말로 탈출한 놈들이 거기 현지인들처럼 소똥 말려 가면서 구호용 밀가루 빵을 구워 먹으며 버틸 수 있겠습니까?"

"턱도 없겠군."

아무리 자유가 좋다고 해도 그건 어느 정도 생존이 담보될 때의 이야기다. 진짜 당장 먹을 물을 구하는 것도 힘든 동티모르의 현실적인 상황을 생각하면 교도소는 도리어 외부에 비하면 천국에 가까울 거다.

"여러모로 생각해도 그곳에서 굳이 탈출할 이유가 없죠."

"흠……."

"더군다나 마이스터의 요구 사항 아시지 않습니까?"

"범죄자 중에서 지원한 사람에 한하여……."

"네, 맞습니다. 아마도 갱단에 시달리거나 갱단으로부터 벗어나고자 하는 사람들이 거기에 가고 싶어 할 겁니다. 이번에 소송을 건 놈들을 보세요."

그들이 내건 소송의 원인을 하나로 묶어서 보자면 단 하나다. 바로 내부 갱단의 관리 소홀.

먹지 못하는 것, 또는 간수의 차별 같은 건 사실 부차적인
문제였다.

왜냐, 교도소에서 먹지 못하게 하는 거야 뭐, 기분 나빠도
교도소니까.

간수의 차별? 애초에 범죄자를 인간적으로 대우해 주는
간수가 얼마나 될까?

"그에 반해 내부 갱단의 폭행이나 강간이나 기타 괴롭힘으
로 인해 목숨을 위협받거나 갱단에 속할 수밖에 없는 죄수들
이 절대다수입니다."

갱단이 내부에서 은밀하게 지배되는 상황에서 벗어나고자
하는 자들은 모범수일 수밖에 없다.

"흠……."

그 말에 다들 한참 고민에 빠졌다.

"지금은 자리가 부족한 게 문제지, 죄수가 부족한 게 문제
는 아니지 않습니까?"

"그레고리 의원, 혹시 로비라도 받은 겁니까? 무척이나 열
심히 홍보하는데."

그레고리의 행동에 게런이 왠지 떨떠름한 얼굴로 묻자 그
레고리는 당당하게 말했다.

"부정은 하지 않겠습니다. 미국에서는 그게 합법 아닙니까?"

"합법이기는 한데……."

워낙 당당한 그레고리의 말에 다들 아무런 말도 못 했다.

하지만 그렇다고 해서 다른 의견이 없는 건 아니었다.

그들의 말마따나 민간 교도소는 황금알을 낳는 거위니까.

그리고 부족한 건 자리지, 죄수가 부족한 게 아니었기에 상황에 따라서는 죄수들을 해외로 보내는 게 어렵지 않았다.

더군다나 당사자의 동의만 얻는다면 문제 될 건 하나도 없었다. 문제는 딱 하나뿐이었다.

"하지만 말입니다, 그레고리 의원. 당신네 계획은 다 좋아요. 그런데 그건 어디까지나 그 해외 교도소 기준이고 국내 민영 교도소들도 해결책이 있어야 하지 않겠습니까?"

제이슨 의원의 말에 다들 고개를 끄덕거렸다. 아무리 해외에 원하는 죄수에 한해 내보낸다고 해도 일단 국내 죄수는 국내 수감이 우선시될 수밖에 없다.

"당장 단기 죄수들만 봐도 그들을 동티모르로 보낼 수는 없어요. 설사 그들이 원해서 보냈다고 칩시다. 그러면 국내는 어쩔 겁니까? 일이 안 터졌다면 모를까, 이미 터졌잖아요!"

2년 이하의 형량을 가진 단기 죄수들을 동티모르로 보내는 것은 너무 비효율적이다. 최소한 2년 이상의 형량을 가진 강력범이나 장기범 위주로 보내야 한다.

그거야 나중에 상황을 봐서 법을 바꾸거나 하는 것도 가능하다. 문제는 현시점에서 교도소를 점거한 갱단이다.

"알고 있습니다. 그런데 현시점에서 가장 큰 문제는 바로 갱단입니다. 2년 단기 형량의 죄수들이 왜 교도소에서 강력 범죄자가 되는데요?"

교도소 내부에서 갱단에 속하지 않으면 살아남을 수 없다. 그걸 알기에 다들 살기 위해 갱단에 가입하고 갱단이 시키는 대로 출소 후에 범죄를 저지르는 악순환이 끊이지 않는 것이다.

"그걸 해결해야지요."

"그러니까 어떻게 말입니까?"

"마이스터에서 그러더군요, 도움을 준다면 그 해결책을 주겠다고."

"해결책이 있다고요?"

"이 상황이?"

그 말에 의원들은 서로를 바라보았다. 해결책이 없어서 결국 죄수들을 줄이기 위해 처벌을 극단적으로 낮추는 상황이다. 그런데 그걸 해결할 방법이 있다니.

"네, 물론 공짜는 아닙니다."

"해외 이송을 승인한다면 알려 주겠다는 거군."

"맞습니다."

그레고리 의원의 말에 다들 고민했다. 하지만 답은 금방 나왔다.

"어차피 고민할 필요가 있습니까?"

자리가 없는 거지 죄수가 없는 게 아니다. 아무리 동티모르로 죄수들을 보내도 미국 내 교도소는 포화 상태이니 그들을 통제할 수단은 필요하다.

특히나 지금처럼 대단위 소송이 걸린 이상 더더욱 그게 절실해졌다. 통제되지 않으면 교도소들이 망하게 생겼으니까.

"그 방법, 한 번은 들어 보고 싶군요."

의원들은 눈을 반짝거리며 그를 바라보았다.

교도소를 교도소답게

"너무 쉽게 굴복해서 어이없을 정도군요."

빌 웨이든은 솔직히 놀랄 수밖에 없었다.

조금이라도 마음에 안 들면 죽이겠다고 달려드는 게 정치인이다. 더군다나 최근 정치인들은 자신과 대립각을 세우고 있다.

그도 그럴 게 정치인들은 러시아-우크라이나 전쟁에서 손을 떼고 싶어 하는 데에 반해 자신은 어떻게든 우크라이나를 지원해야 한다고 생각하기 때문이다.

그런데 그런 정치인들이 이리 쉽게 자신을 도와서 교도소를 개혁하겠다고 나선다는 게 어이없을 정도였다.

"이게 다 로비 때문 아니겠습니까?"

"로비하셨습니까?"

"제가 많이 하지는 않았죠. 하지만 다른 곳이 많이 했을 겁니다."

민간 교도소와 매년 엄청난 적자를 보고 있는 유통회사들이 로비를 안 할 리가 없다. 그렇다고 해서 택배회사들이 안전하냐 하면 그것도 아니다. 택배도 집 앞에 두면 털어 가는 게 미국이니까.

실제로 미국에서 택배의 절도는 심각한 문제 중 하나다. 한국처럼 '집 앞에 놔두세요.'라는 말을 쉽게 할 수가 없다.

"더군다나 이번 문제가 해결 안 되면 진짜로 미국 민간 교도소들은 망할 겁니다."

이미 일부 교도소들은 망하는 게 확정이다. 워낙 개판으로 운영해서 도무지 소송에서 벗어날 구멍이 없었으니까.

그런 곳은 마이스터가 인수하든 아니면 미 정부에서 인수하든 해서 관리하게 될 가능성이 크다.

"좋습니다. 뭐, 일단 의원들이 법을 통과시킨다고 했으니까 그다음 문제에 대해 들어 보고 싶군요."

"교도소의 정상화 말이군요."

"맞아요. 혹시나 뭐, 인권 주의 입장에서의 방식이나 한국의 방식을 도입하자는 건 꿈도 꾸지 마세요. 죄수들의 질이 다릅니다."

갱단을 제압하기 위해 미국의 교정 당국이 별의별 짓을 해

왔다. 그럼에도 불구하고 내부에서는 갱단이 유지되고 갱단이 세력을 확장해 왔다.

그렇기에 빌 웨이든도 머리가 아팠다.

사건이 터진 후에 해결책을 가져오라고 했지만 그나마 나온 방법이 죄수들을 마구잡이로 이송시켜서 섞어 버리자는 것이었다. 물론 그런 방법으로 잠깐이나마 통제할 수 있겠지만 결국 갱단이 다시 생기는 건 막을 수가 없었다.

"알고 있습니다. 한국의 죄수와 미국의 죄수의 질은 완전히 다르죠."

한국에서 죄수는 살인이 최후의 수단이지만 미국에서 죄수들은 여차하면 살인도 불사한다.

"그러니까 통제법도 달라야지요."

"동남아 국가처럼 죄수 중 한 명에게 절대 권력을 주는 것도 안 됩니다."

동남아 국가는 아예 통제를 포기하고 그런 식으로 내부에서 운영되고 있다.

하지만 여기는 미국이다. 아무리 외부에 보이지 않는다는 것은 알아도 그런 식으로 운영하면 그 자체로 공격 대상이 되어 버린다.

"물론 죽여 버리면 편하지만."

"그것도 안 되죠."

미국은 민주주의국가다. 아무리 총기 사고로 엄청나게 사람들이 죽어 나가는 나라라고 해도 죄수들을 재판도 없이 학살하는 건 심각한 문제가 될 거다.

"그러니까 섞어야지요."

"후우~."

그 말에 빌 웨이든은 한숨을 내쉬었다.

"이미 그 계획은 나왔고 실패했던 계획입니다."

각 갱단을 모두 찢어서 다른 곳으로 흩어 버리자.

얼핏 그럴듯해 보인다. 하지만 그런다고 해서 그들이 서로 연락을 끊고 갱단이 와해되지는 않는다. 왜냐하면 갱단의 근간이 내부가 아닌 외부에 있기 때문이다.

갱단이 외부에서 활동하다가 범죄를 저지르면 교도소에 잡혀 들어온다. 그리고 교도소에서 다시금 뭉쳐 세력을 이루고 협박과 안전 보장을 미끼 삼아 자연스럽게 덩치를 키운다.

자연히 교도소에서 갱단원이 된 놈들은 출소 후에 갱단을 위해 목숨을 걸고 싸울 수밖에 없게 되는 것이다.

"그러니까 섞으라는 겁니다."

"하지만 그런 게 의미가……."

"결국 장소의 문제죠. 미국은 지방자치가 심각한 문제죠. 그러니까 이번만큼은 지방자치를 깨야 합니다."

"지방자치를 깨라니요?"

"뉴욕 갱단이 알래스카에서 뭘 어쩔 건데요?"

"네?"

"갱단이 교도소에서 자기 세력화를 할 수 있는 이유는 간단합니다."

결국 자기 구역이니까.

뉴욕주에서 범죄를 저지르면 뉴욕주에서 교도소에 간다. 당연하게도 거기서 만나는 죄수들도 죄다 뉴욕주 출신이니 포섭하기 쉽다.

"그런데 텍사스나 펜실베니아로 가면 어떻게 될까요?"

"흠……."

"세력화할 수가 없게 되죠."

왜냐, 거기서 포섭해 봐야 결국 출소 후에 주변으로 원래 살던 곳 주변으로 가게 될 거다. 진짜로 그 넓디넓은 미국의 거대한 땅덩이 속에서 어디가 집인지 알 게 뭔가?

"미 정부조차도 제대로 도망가면 추적이 불가능하지 않습니까?"

"그렇죠."

그만큼 미국 땅은 미친 듯이 넓다.

"그런데 갱단이 추적 가능하겠습니까? 애초에 주 단위로 활동하는 갱단이 얼마나 되는데요? 그마저도 힘든데 전국 단위면 이야기가 달라지죠."

사실 말이 주지, 갱단은 거의 시를 기반으로 활동한다. 주 단위로 통제하는 갱단 정도면 그건 갱단이 아니라 반군 수준일 것이다. 그런데 미국이 미쳤다고 자국 내의 반군을 내버려 두겠는가?

"기껏해야 시 단위니까 다른 주로 보내 버리면 그만입니다."

"다른 주로 보낸다라……."

"한국에는 이런 말이 있습니다. 똥개도 자기 동네에서는 반은 먹고 들어간다."

그런데 자기 동네도 아닌 남의 동네에 가면 불리한 건 갱단이다.

"하지만 그게 완벽한 통제 수단은 아닐 것 같습니다만. 모두 다 외부로 보내기에는 한계가 있어요."

일반 범죄자는 현지 교도소에 갱단 범죄자는 다른 주의 교도소로 보낸다고 한들 세력을 줄일 수야 있겠지만 미국 특유의 문화적 특성상 갱단을 아예 박살 낼 수는 없다.

"우리가 모든 갱단의 명단을 다 확보한 것도 아니고 말입니다."

슬럼가에서 활동하는 수많은 불량 범죄자들이 갱단원이 되고 싶어 하니 준갱단원으로 보아야 하는데, 그런 그들을 구분해서 타 지역으로 보내는 데에는 한계가 있다.

"아뇨. 그 정도가 딱 좋습니다."

"뭐라고요?"

"갱단이 세력을 이루지는 못하지만 존재는 남아 있는 수준에서 컨트롤할 수 있게 하세요."

"왜요?"

"말씀드렸다시피 옮겨도 갱단이 만들어질 겁니다."

"그래서요?"

"아예 교도소 내부에 세력이 없으면 그들이 세력을 확장할 테니까요."

"그게 무슨 말입니까?"

"각하께서는 범죄자의 심리에 대해 잘 모르시는군요."

'아니, 당연한 건가?'

정치인들이 모든 걸 이해하고 그걸 제대로 적용한다면 이 세상 문제의 절반은 사라질 거다. 그걸 이해하지 못하니까 실수하는 거다.

당장 100만 원 이하 경범죄 처벌만 해도 그렇다. 범죄자들의 성향을 알고 있었다면 미치지 않고서야 그런 말도 안 되는 법을 만들 리가 없다.

그 법을 만들 때 의원들은 기껏해야 과자 하나, 빵 하나 훔쳐 가는 수준으로만 생각했으리라.

"교도소에서 갱단이 생겨나는 것은 단순히 생존의 문제가 아닙니다. 권력의 투쟁 과정이죠."

"하지만 외부와 상관없게 된다면……."

"아뇨. 외부와 극단적으로 단절시켜도 결국 갱단은 만들어집니다."

범죄자들은 자신들의 권력을 확고하게 하고 이득을 얻기 위해서라도 갱단을 만들 거다. 그게 설사 교도소 내부에서만

통용되는 거라고 해도 말이다.

"그걸 막기 위해 이러는 거 아닙니까?"

"엄밀하게 말하면 저한테 부탁하신 건 갱단의 소멸이 아니라 갱단의 외부 확장을 막는 겁니다만? 좀 독하게 말씀드릴까요? 자기들끼리 뒈지든 말든 무슨 상관입니까?"

"어떻게 그런 말을?"

"우리끼리 이야기니까 대놓고 말하죠. 전 세계의 누구도 갱단이나 범죄자들이 자기들끼리 죽이는 걸 가슴 아파하지 않습니다. 그런데도 그걸 막는 이유는 간단합니다. 그게 더 큰 피해를 주니까 막는 거예요. 그들이 죽는 건 알 바 아니죠."

실제로 자기들끼리 싸운답시고 선량한 제3자를 죽이는 경우도 빈번하고 그 과정에서 갱단원의 가족을 죽이는 경우도 있고 온갖 혼란을 야기하고 종국에는 그렇게 권력을 잡은 사람이 나중에 더 큰 패악질을 부리기도 한다.

그래서 경찰과 정부에서 그들의 싸움을 막는 거지, 그냥 자기들끼리 죽고 죽이는 딱 그 정도에서 끝난다면 정부나 경찰은 막기는커녕 만세를 부를 거다.

"딱 무협지의 세계가 그런 거죠."

"무협…… 뭐요?"

"중국을 기반으로 한 판타지 세계입니다. 거기에는 무림이라는 세력이 있죠. 미국으로 치면 갱단이라고 할 수 있죠."

그러나 관과 무림은 철저하게 선을 긋고 서로 거리를 두는 것으로 묘사된다. 관은 무림의 일에 신경 끄고, 무림에도 관의 일을 방해하거나 하지 않는다.

'생각해 보면 그런 규칙이 없으면 이야기가 말이 안 되기는 하겠네.'

문득 그런 생각을 한 노형진은 자신도 모르게 피식 웃었다.

관과 무림이 서로 간에 선을 긋는다는 규칙이 없었다면 아마 무림은 진즉에 싹 다 죽었을 거다.

천마의 중원 통일? 애초에 천마가 진짜 전략 병기급으로 강하다고 한들 중국에서 수백만을 밀어 넣는 인해전술에 이길 수 있을까?

'그러고 보니 재미있네?'

소설에서 천마신교 같은 곳이 무림을 일통했다고 강하다고 거들먹거려도 한국으로 치면 룸살롱을 운영하던 깡패 새끼들이 뒷세계를 일통하고 거들먹거리는 것과 별반 다르지 않은 거다.

"그래서요?"

"아, 미안합니다, 이상한 생각이 나서. 일단 갱단을 만든 후에는 갱단에 가입 기록을 남기시면 됩니다."

"가입 기록을 남기라고? 뭐, 그 정도야 지금도 하고 있네만?"

실제로 교도소에서 갱단 문제를 모르는 게 아니다. 그래서 관리 차원에서라도 어느 갱단 소속인지 제대로 적어 놓고 관리하는 편이다.

"단순히 갱단 기록을 남기라는 게 아닙니다. 그걸 갱단에 고지하라는 거죠."

그 말에 빌 웨이든은 이해가 가지 않았다. 그걸 고지한다고 해서 뭐가 달라진단 말인가? 하지만 노형진은 그게 많은 걸 다르게 한다는 걸 알고 있었다.

"엄청나게 많이 달라질 겁니다."

"어째서 말입니까?"

"배신자가 되니까요."

"배신자라니요?"

"지역을 옮기면 당연히 그 지역에서 자기네 갱단을 만들지 못합니다."

그러면 기존에 있던 갱단에 속해야 한다. 하지만 이미 그 지역 출신들이 만든 갱단에는 들어가지 못한다. 그러면 어떻게 할까?

"자기들끼리 모른 척 살까요? 그럴 리가 없죠."

외부 세력끼리 뭉쳐서 갱단을 만들려고 할 거다. 아마도 높은 확률로 지역별로 뭉칠 가능성이 높다.

"그러면 달라지는 게 없는데요?"

"아니죠. 지역별로 손잡는다는 건 지역 내 다른 갱단과 손잡았다는 의미거든요. 이런 소문을 퍼트리는 거죠. 교도소 동기가 배신하고 다른 갱단과 손잡고 기존 갱단을 죽이고 패권을 노린다. 사실 이런 건 흔한 일이거든요. 감옥 동기라는 말이 있지 않습니까?"

"아!"

그렇게 되면 어떻게 될까? 당연히 그들은 돌아가서 견제당하고 최악의 경우 살해당할 거다. 갱단에 있어서 배신자는 절대로 용납할 수 없는 일이니까.

"교도소와 경찰과 연계해서 배신 사실을 자연스럽게 본래 갱단으로 흘러 들어가게 하시면 됩니다."

"살기 위해 배신한 것처럼 꾸며라 이건가?"

"맞습니다."

그리고 그렇게 배신한 것으로 꾸미면 갱단은 자연스럽게 세력이 줄어들 수밖에 없다. 갱단원이 출소해도 그를 믿어 줄 수가 없으니까.

"거기다가 다른 함정도 있죠."

"다른 함정?"

"네, 그런 식으로 대놓고 존재가 드러나면 역으로 자기 스스로 조심하게 됩니다. 가입을 꺼릴 테고 말입니다."

"확실히 그렇군."

여기서 살자고 가입하면 나가서 죽게 생겼는데 누가 가입하고 싶어 하겠는가?

"다만 주의해야 하는 점이 있습니다."

"어떤 문제가 있단 말입니까?"

"전국구 규모의 갱단이 만들어질 가능성도 있다는 거죠."

"흠, 그러면 곤란한데요."

"그러니까 대응책을 만들어야지요. 자주 옮기는 것도 방법이고요."

중요한 건 그들이 서로 뭉치지 못하도록 하는 거다.

그렇게 함으로써 장기적으로 갱단의 세력을 약화하는 것도 가능하다.

"그리고 그 과정에서 포섭하는 것도 가능하죠."

갱단에 속해 있지 못하고 보호받지 못한다고 생각하면 자기가 살기 위해서라도 정보를 넘기면서 보호해 줄 곳을 찾기 시작한다.

"보호해 줄 곳이라고 하면…… 설마?"

"네, 해외에 나가 있으면 안전해지겠죠."

"단순히 교도소 내부의 갱단을 없애겠다는 게 아니군요."

"이건 장기 플랜입니다."

아무리 노력해도 원인을 놔둔 채로 문제를 해결하는 것은 불가능하다. 이 경우 가장 큰 원인은 바로 교도소 외부에 있는 갱단.

그들을 통제한다면, 그래서 궁극적으로 갱단의 숫자를 줄일 수 있다면 자연스럽게 교도소도 안정화가 된다.

"그러면 단기적인 방법도 있다는 것으로 들리는데요?"

빌 웨이든은 기대감을 가지고 물었다. 장기 플랜드 필요하지만 단기 플랜이 사실 더 급하다. 이 문제를 해결하지 못하면 지지율이 떡락할 테니까.

그렇잖아도 러시아-우크라이나 전쟁으로 인해 지지율이 좋지 않은 상황에서 이대로 그냥 있을 수는 없었다.

"단기 플랜은 교도소 시스템을 바꾸는 겁니다."

"어떻게요?"

"군대처럼요."

"설마 러시아 레드그룹처럼 운영하라는 겁니까?"

빌 웨이든은 깜짝 놀라서 물었다. 레드그룹은 죄수들을 끌어내서 총알받이로 쓰고 있다. 그리고 그런 식으로 하면 확실히 죄수들의 문제가 해결될지도 모른다.

그러나 인권 문제도 있고 애초에 그러한 행동이 용납도 안 되며 현실적으로 제대로 된 군인도 아니다.

"아니요, 그럴 수는 없죠. 당연히 그래서는 안 됩니다. 애초에 미국이 그 정도로 전면적인 전쟁을 하는 상황도 아니잖습니까?"

죄수병은 전쟁에서 코너에서 몰렸을 때 최후의 선택지 중 하나다. 제대로 통제되지 않는 범죄자들에게 무기를 들려 주는 건 위험하기 때문이다.

당장 러시아만 해도 그렇게 뽑은 병사들에게 총과 수류탄 이외의 무기를 절대로 주지 않는다. 그 총마저도 대부분은 제대로 작동하지 않는 물건들을 주고 있다.

"집단화하라는 거죠."

"이해가 안 가는데?"

노형진은 그 말에 어깨를 으쓱했다. 사실 이미 답은 나와 있는데 적용하지 못할 뿐이었다.

"미국에는 군사학교가 있지 않습니까?"

"군사학교? 그곳이 이번 일과 무슨 관계가 있습니까?"

군사학교란 미국 특유의 문화다. 쉽게 말해서 사관학교와 일반 학교를 섞은 느낌이라고 볼 수 있다.

미국의 영향을 많이 받은 한국에서 군사학교라는 게 없었던 이유가 과거에 일제시대의 영향으로 거의 모든 고등학교가 군사학교와 비슷한 방식으로 운영되었기 때문이다.

"군사학교에 대해 아십니까?"

"어느 정도는 압니다."

군사학교는 강력한 통제와 훈련 그리고 집단의식을 교육한다. 보통 미국에서도 군사학교라는 곳은 문제아들의 통제나 아니면 집단의식을 심어 주는 목적으로 보내는 편이다.

실제로 그러한 군사학교 중에서 소위 명문이라 불리는 곳도 있고 동시에 그곳에 나와서 성공한 정치인들도 많다.

"그걸 왜 죄수들에게 적용 안 하는지 저는 도리어 이해가 안 가는데요?"

"그거야 통제가 될 리가 없기 때문 아니겠습니까?"

"통제가 안 되는 건 이미 갱단이 하고 있으니까 그런 거죠."

"음……."

"이건 소속감과 그에 대항하는 정신의 문제입니다."

"소속감과 그에 대항하는 정신이라니요?"

"전쟁에서 왜 죄수병을 안 쓰는지는 아시죠?"

"알죠."

일반병은 명령이 떨어지면 그에 따라 목숨 걸고 돌격하지만 죄수병은 돌격명령을 내린 간부에게 총질하고 도망가 버린다. 실제로 지금 레드그룹은 명령이 아니라 독전대를 뒤에 두는 방식으로 죄수병을 통제하고 있다는 사실이 알려졌다.

"교도소에서 갱단은 극소수입니다. 사실 일반인이 절대다수죠."

"그렇죠."

"그런데 왜 갱단이 권력을 잡고 그곳을 지배할까요?"

"잘 모르겠군요."

"소속감 때문입니다."

"소속감이요?"

"네."

일반 죄수 입장에서는 나를 보호해 줄 집단이 없다. 그런 상황에서 지켜 줄 만한 게 갱단이라면 어쩔 수 없이 자기보호를 위해 가입한다.

"그런데 보호를 제공할 소속된 집단이 있다면 어떻겠습니까?"

"설마?"

"군사학교 교육의 핵심은 사회적 규칙에 대한 순응과 소속

감의 향상이죠."

그렇게 함으로써 사회인으로서 정상적으로 움직일 수 있게 한다.

"물론 군사학교가 완벽한 건 아니죠."

강압적인 분위기, 위험할 정도의 위계질서 등으로 인한 문제는 분명 존재한다. 실제로 군사학교 내부에서 위계질서를 이용해서 강간 사건이 벌어지는 경우도 많았다.

"그러니까 그걸 적당하게 차용해서 집단을 만들어 내는 겁니다."

"집단이라……. 재미있는 이론이군요. 한 번도 생각해 본 적이 없는 이론인데 설명해 주실 수 있겠습니까?"

빌 웨이든은 순간 혹했다. 그도 군대를 다녀온 사람이기에 집단의식의 무서움에 대해서는 잘 알고 있었기 때문이다.

"A라는 집단에 속한 자와 B라는 집단이 대립해서 극렬하게 싸운다고 칩시다. 그런데 이런 경우 A와 B 양쪽 다 속해 있는 인간은 입장이 애매해지죠."

가령 죄수들을 군대처럼 소대화시켜서 특정 소대에 속하게 하고 그 소대에 대한 집단의식을 가지게 하면 어떻게 될까?

만일 자신이 속한 갱단이 해당 소대와 충돌하게 되는 경우 양쪽에 속한 죄수는 섣불리 소대를 공격하지 못한다.

"관리되는 조직과 관리되지 않는 조직이라는 겁니까?"

"맞습니다."

그리고 교도소에서 관리가 되는 조직에 더 많은 가중치를 주는 건 당연한 일. 더 좋은 음식, 더 편한 노역, 그리고 더 많은 혜택 말이다.

"더 좋은 환경이라고요?"

"민주주의의 함정이라고 해야 할까요?"

공정하게 대해야 한다. 그런데 애초에 감옥에서 공정할 수가 있을까? 애초에 그러기 위해 갱단의 통제를 포기한 시점에서 갱단 출신에 대한 일종의 특혜가 완성되는 건데?

"갱단을 따를 수는 있겠지요. 그래서요? 갱단 자체가 고립될 겁니다."

1개 대대에서 분대 하나가 분탕을 친다 한들 대대 내부에서 그들을 사람 취급 안 하고 고립시키면 그들이 힘쓸 수가 없다.

"더군다나 아까 말씀드렸다시피 어차피 뜨내기죠."

그들이 이 지역에 터 잡은 갱단도 아니고 그 다른 주에서 온 갱단이라면 이 지역 갱단에 충성할 이유도, 그들과 함께 할 이유도 없다.

"그렇다면 그 소속감은 어디에 속할 것 같습니까?"

"통제되는 집단이군요."

"맞습니다. 더군다나 말입니다, 이건 돈이 안 들죠."

지금 교도소에서 막대한 인건비가 문제가 된다. 통제에 따른 인원이 엄청나게 늘어나기 때문이다. 하지만 이러한 형태는 그 부담이 덜하다.

"한국 교도소에는 방장이라는 제도가 있습니다."

약간의 편의를 봐주는 대신에 그 방의 통제를 맡기는 거다. 물론 미국에서는 그런 형태가 될 수가 없다. 방 하나당 2인이 들어가니까 굳이 방장을 둘 이유도 없고 말이다.

"하지만 미국에는 운동 시간이 있죠. 운동 시간에 그렇게 묶여 있는 팀별로 대항전이라도 해 보세요. 같은 갱단 소속끼리 붙여 놓으면 볼만할 겁니다."

"단순 대항전을 원하는 게 아닌 것 같은데요?"

"당연히 상품을 걸어야지요. 가령, 음, 술이라든가."

"술은 반입 금지 품목입니다."

"그러나 알아서 만들죠. 그리고 그건 충분한 미끼가 됩니다."

시원한 맥주를 걸고 대항전을 하게 되면, 그래서 같은 갱단 내부끼리 승과 패가 나뉘면 갱단의 형태상 은근히 빈정상할 가능성이 크다. 왜냐하면 범죄자들은 아무리 설득하고 포섭해도, 그리고 교육해도 타고난 이기적인 성향이 사라지진 않기 때문이다.

같은 갱단이지만 자기를 꺾고 이권을 차지하는 대상을 좋게 보는 갱단원은 단 한 명도 없다. 심지어 그 이권이 언제 마실지도 모르는 시원한 맥주 한 잔 같은 거라면?

"그런 건 애매하죠. 원한으로 하자니 정당하게 진 거고 항의하자니 좀생이 같아 보이고, 사이가 조금씩 틀어지는 거죠. 그렇게 쌓이고 쌓이면 갱단은 와해될 겁니다."

"호오?"

"더군다나 그렇게 되면 소속 집단이 구분되기 시작하거든요."

"그게 무슨 말입니까?"

"갱단원은 각자 방에서 안 나옵니다. 못 나오죠."

그럼에도 어떻게 그들이 집단의식을 유지하면서 교도소 내부에서 통제력을 상실하지 않을까?

"바로 운동 시간이 그런 시간입니다."

실제로 운동 시간에는 각자의 패거리별로 움직이며, 온갖 범죄가 바로 이때 일어난다. 운동과 운동 후의 샤워 시간 같은 때 말이다.

"흠."

"핵심 포인트는 정부에서, 아니 교정 당국에서 어떤 이권을 제공할 수 있느냐는 겁니다."

"이권이요?"

그 말에 빌 웨이든은 맘에 안 든다는 얼굴이 되었다. 하기야, 죄수들에게 이권을 준다는 게 말이 안 되어 보이기는 했으니까.

하지만 노형진은 오랜 경험상 이 모든 문제의 원인이 어디에서 발생하는지 알고 있었다.

"이런 모든 문제의 핵심은 통제력과 스트레스의 제어입니다. 교도소에서 스트레스를 제어할 수 있는 수단을 제공하면 범죄자들은 문제를 일으키지 않을 겁니다. 도리어 그 기회를 잡기 위해 노력할 겁니다."

"그게 맥주라는 거군요."

"예를 들어 그렇다는 거죠."

그게 게임이 될 수도 있고 책이 될 수도 있고 명상이 될 수도 있고 교도소에서 먹지 못하는 바깥의 음식일 수도 있다.

중요한 건 교도소에서 스트레스를 제어할 수 있는 수단을 제공하면서 그들을 컨트롤하면, 그들은 그걸 잡기 위해서라도 교도소 측에 따라갈 수밖에 없다는 거다.

"지금 교정 당국의 현실을 보면 제공하는 게 없죠."

식사? 당연히 줘야 하는 거다.

운동? 그것도 법에서 정한 거다.

종교적 기회? 범죄자들이 그에 관심을 가지는 경우는 드물고, 그걸 가진다고 한들 그걸 믿고 개심할 가능성은 높지 않다.

"그에 반해 갱단은 최소한 안전을 제공하니까요."

그러니 자연스럽게 갱단을 따르게 되는 것이다.

"스트레스의 해소라……."

그 말을 듣던 빌 웨이든이 고개를 갸웃했다.

"그러고 보니 이상하군요."

"뭐가요?"

"미스터 노는 죄수들에게 그런 스트레스 해소의 기회를 주는 걸 싫어하지 않았습니까? 죄수들의 그러한 프로그램에 부정적인 걸로 알고 있는데요."

노형진은 그 말에 고개를 끄덕거렸다. 부정할 생각은 없으니까.

"인간의 교정에 대해 누군가가 저에게 묻는다면 저는 부정적으로 답할 겁니다. 교정을 할 수 있겠지만 그 과정에서 추가적인 피해자의 발생이 심각할 테니까요."

"그런데도 의외로 많이 고민하고 많이 준비하셨군요."

"제가 인간의 갱생 가능성에 대해 부정적으로 본다고 해서 세상에 갱생되는 사례가 없는 건 아니죠."

노형진이 갱생을 부정적으로 보는 이유는 인간이 바뀌지 않는다고 믿어서가 아니라 갱생시키는 동안에도 그놈이 계속 문제를 일으키기 때문이다.

"교도소에서는 그런 문제가 좀 덜한 것도 있고 결정적으로 제가 그걸 부정한다고 해서 갱생을 포기하는 것도 아니죠. 사실 그렇지 않습니까? 지금 미국에서 엄벌주의를 표방한다고 해서 갱생을 포기한 건 또 아니잖습니까?"

"그건 그렇죠."

"제가 하는 말이 있죠, 시선을 돌린다고 해서 문제가 사라지는 건 아니라고."

차라리 그걸 똑바로 보고 해결하고자 하는 게 노형진의 스타일이다. 그게 자신의 성격과 아주 안 맞는다고 해도 말이다.

"그런 의미에서 이러한 시스템은 최소한 갱생을 위해 그들에게 기회 자체는 줄 수 있습니다."

남에게 피해를 주지 않는 선에서의 갱생 노력이라면 노형진이라고 해서 굳이 반대할 이유도 없다.

"하지만 한국의 인권 단체는 그게 아니라서요."

갱생하려고 하는 시스템적 접근을 하는 것도 아니고 그렇다고 그런 선행을 통한 사람의 변화를 기대하는 것도 아니다.

피해자의 감정에는 관심이 없고 오로지 정치적으로 한자리 차지하고 이름 좀 알려 보겠다고 죄수의 인권을 팔아먹기에 노형진이 싫어하는 거다.

"이대로라면 충분히 갱단이 약해지고 궁극적으로 범죄자 수치를 줄일 수 있을지도 모르겠네요."

아무리 갱단이 막 나간다고 해도 이미 다른 세력권 안에 들어가 있는 대상을 공격하는 것은 절대로 쉬운 일이 아닐 테니까.

"좋습니다. 적극적으로 받아들이도록 하지요."

빌 웨이든은 흡족한 얼굴이 되어서 고개를 끄덕거렸다.

"그러면 이제 한국만 설득하면 되는 겁니까?"

"미국에서 승인이 난다면 한국은 상대적으로 쉽겠지요."

노형진은 자신 있게 말했다.

"그렇게 죄수들 인권을 챙겨 준다고 하니 우리도 죄수 인권을 챙겨 봐야겠네요, 후후후."

약자라는 이름의 강자

미국의 발표는 전 세계의 관심을 끌었다.

─미국 정부는 한국과의 협조 아래 해외에 위치한 교도소 죄수들을 이송하기로 한 가운데, 일부 인권 단체에서는 인권침해라 주장하고 있으며…….

노형진과 함께 뉴스를 보던 송정한은 그 뉴스를 보고 혀를 끌끌 찼다.

"자기가 원해서 간다는 부분은 안 들리는 건가?"

"보기 싫은 거겠죠."

미국이 미치지 않고서야 돈이 되는 죄수를 해외로 보낼 리가 없다. 해외로, 정확하게는 동티모르로 보낼 예정인 죄수들은 자신이 원하지 않으면 보내지 않는다.

하지만 이미 동티모르로 가고 싶어 하는 죄수들이 넘쳐 나서 심지어 동티모르 교도소조차도 과포화 상태에 처해질 상황.

"그 정도로 이송을 원하는 사람이 많은가?"

"미국의 교도소의 상황이 그만큼 좋지 않으니까요. 일반인 죄수들이 감당하기에는 너무 위험하다고 생각하는 사람들이 많습니다."

그나마 조금씩 미 교정 당국이 손본다고 하지만 어제만 해도 강간당하고 살해당하던 교도소가 갑자기 살기 좋아질 리가 없으니 일단은 자기가 살겠다고 동티모르 이감 신청을 한 사람들이 생각보다 많았던 것.

"자리가 남겠나?"

"걱정하지 마세요. 어차피 교도소는 다르니까."

미국과 한국이 언어가 다르니 같은 교도소에 수감할 수는 없는 노릇이 아닌가?

"그러면 다행이고. 일단은 해외 수출에 대한 기본은 완성된 것 같군그래."

한국에서 가장 먼저 해야 한다면 아마도 선례가 없다며 길길이 날뛰었을 텐데, 황당하게도 미국과 손잡고 함께한다니까 그에 대해서는 반발이 덜했던 것.

"언제부터 미국이 우리 상국 취급인 건지……."

"뭐, 언제는 안 그랬습니까?"

노형진은 혀를 끌끌 차며 말했다.

"하지만 덕분에 여러모로 편해졌네."

"너무 신경 쓰지 마세요. 저도 수익 내자고 한 거니까요."

노형진이 돈이 넘쳐서 동티모르에 먼저 교도소를 지은 게 아니다. 전 세계는 교도소의 포화 상태로 고통 받고 있기에 그걸 흡수하기 위해서다.

'실제로 회귀 전에 영국이 비슷한 계획을 실행에 옮겼지.'

물론 죄수를 보낸 건 아니고 아프리카로 난민들을 보내는 것이었다. 실제로 노형진이 죄수를 해외에 보내는 계획은 거기에서 착안한 거다. 난민도 보내는데 죄수를 보내지 말라는 법은 없으니까.

"그나저나 상황은 어떻습니까? 시간이 제법 지났는데요? 아직도 물어뜯고 있나요?"

"당연한 거 아닌가? 그놈들 말에 따르면 나는 역사상 최악의 대통령이야. 내가 나라를 팔아먹었어도 이 정도로 욕먹지는 않았을 걸세. 허허허."

송정한은 어이없다는 듯 웃었다. 하긴 그럴 만하다. 그들은 이권을 요구하고 있지만 송정한이 이권을 챙겨 주지 않고 있기 때문이다.

"그렇잖아도 마이스터를 통해 조사를 좀 해 봤습니다. 기부금이 엄청나게 많이 줄어들었더군요."

"역시나 빈 곳간을 정부 지원금으로 메꾸겠다 이거군."

"네, 맞습니다."

물론 정부에서 지원금을 받으면 감사받아야 한다. 하지만 감사에게 뇌물을 주면서 은닉하는 건 어려운 일이 아닌 데다 수십 년째 그 짓을 했으니 이제 와서 못 할 리가 없었다.

"그렇잖아도 감사실이 아주…… 개판이더군, 하아~."

"무슨 일 있었습니까?"

"겜방위 말일세. 이번에 감사에 걸렸는데 개판이야, 개판. 무슨 프로그램을 만든다고 50억이나 가져갔는데 아예 작동을 안 하는 걸 받아 왔더군."

"역시나 그렇군요."

"역시나?"

"아니, 감사원 꼴이요."

"그러니까 말이야."

'원래보다 조금 더 빨리 걸렸네?'

하긴 이해가 가기는 한다. 송정한이 이 잡듯이 잡아들이고 있으니까.

전처럼 좋은 게 좋은 거라는 걸 안 하고 있다.

실제로 지금 감사하는 핵심은 감사원이 아니라 외부 전문가 집단이다. 교도소도, 그리고 여성부도 겜방위도 전문가들이 털어 내기 시작하자 끝이 없었다.

"감사원이 안 썩는다는 게 더 말도 안 되는 소리가 아닐까 싶습니다만."

"끄응, 부정을 못 한다는 게 슬프군. 중요한 건 말이지, 그 놈들이 원하는 대로 돈을 줘도 끝이 안 날 거라는 거야."

적당히 룸살롱에 다니며 결제하면서 돈을 빼돌리는 건 일도 아니니까.

"그렇잖아도 그것 때문에 말씀드릴 게 있습니다."

"어떤 거 말인가?"

"그들이 원하는 대로 이제 시스템을 만들어야지요."

"어떤 시스템 말인가?"

"그들이 원하는 대로 죄수들의 인권을 챙기자는 겁니다."

"뭐라고?"

그 말에 송정한의 눈이 커졌다.

"진짜로 말인가?"

"네."

"하지만 저쪽은 관심이 많죠."

그 말을 들으면서 송정한은 더더욱 이해가 가지 않았다.

"그게 거짓이라는 걸 알면서도 말인가?"

"어느 순간에는 진실이 중요하지만 때로는 거짓이 중요하기도 하죠."

노형진은 변호사로서 진실의 가치가 중요하다고 생각하고 실제로도 진실을 탐구해 왔다. 하지만 언제나 진실이 정의이자 정답이라고 생각하지는 않는다.

"그들이 죄수의 인권을 노래하니 그걸 챙겨 주고 그 책임을 뒤집어씌우면 되는 거죠."

"책임을 뒤집어씌우자고?"

"송 대통령님도 이 말을 아실 겁니다. '기초 생활 수급자들은 악마다.'"

"그걸 듣기는 했지. 언더 도그마의 함정 아닌가?"

기초 생활 수급자들은 가난하고 힘이 없다고들 생각한다. 그래서 다들 도와주려고 한다.

하지만 일선 복지 공무원들은 그들을 악마라고 표현한다. 끊임없이 갑질을 하고 요구하기 때문이다.

물론 그들은 소수이다. 하지만 백 명의 기초 생활 수급자 중 한 명이 한 달 내내 동사무소에 찾아와서 갑질을 하면 담당 공무원에게는 가난한 자들이 악마처럼 느껴질 수밖에 없다.

가난해서 선한 게 아니다. 악과 선은 인간의 본질 그 자체다. 노형진도 그러지 않는가, 가난한 자가 선하게 행동할 수밖에 없는 건 가난하기에 악할 기회가 없기 때문이라고.

"그리고 그런 언더 도그마에 빠진 놈들의 공통점이 진짜 본질에는 단 한 번도 다가간 적이 없다는 거죠."

누군가가 선할 수는 있다. 누군가가 악할 수도 있다.

그러나 어떤 집단이 절대적으로 선하거나 절대적으로 악할 수는 없다.

"하긴, 법률계에서도 오래된 격언 중 하나지."

천사가 모여서 살면 천국일까? 물론 거기에서 사는 천사들에게는 그곳이 천국일 수 있다. 하지만 그 밖에서 있는 사람들의 눈에는 거기가 지옥일 수도 있는 법.

"그러니까 그 본질을 제대로 느끼게 해 주자는 거죠. 뭐, 그 후에 벗어나는 건 알아서 할 문제고요."

"벗어나게라……."

"아시잖습니까, 죄수들에게 손을 내미는 게 왜 힘든지."

"끄응, 그건 그렇지."

한국에는 수많은 인권 단체가 있다. 그리고 그중에는 죄수의 인권을 챙겨 주는 곳도 있다. 정확하게는 '많이 있었다'.

하지만 대부분은 사라지고 다른 쪽으로 방향을 틀었다. 왜일까?

일단 첫 번째로 원인을 뽑으라면 정치가 바뀌어서다.

뜬금없지만 이게 사실이다. 과거에는 정권의 마음에 안 들면 잡아가는 정치 사범들이 엄청나게 많았다. 그러나 지금은 시대가 바뀌면서 과거에 비해 정치 사범이 엄청나게 줄어들었다.

그래서 굳이 정치 사범들을 챙길 이유가 없어진 것.

두 번째 원인은, 그런 곳들이 범죄자들에게 학을 뗄 정도로 고통 받았기 때문이다.

정치 사범이 사라지자 자연스럽게 다른 죄수들의 인권에 신경을 쓰게 되는 건 어찌 보면 당연한 일.

하지만 자신의 신념을 가지고 권력자에게 저항하는 정치 사범과 이득을 위해 사람을 죽이는 범죄자가 똑같을 수는 없었다.

그들은 출소하면 출소 지원을 하라고 단체에 와서 깽판 치고 돈을 빼앗았다. 한국의 교도소라는 공간이 사실상 갱생이나 사회 적응과 관련된 능력이 없었기에 현실적으로 그들이 바뀔 리가 없으니까.

그 과정에서 일부 범죄자는 아예 자기 돈을 맡겨 놓은 것처럼 폭행이나 협박, 재물 손괴 등도 동반하면서 돈을 요구했고 불쌍하다고 도와준 사람을 죽이고 그의 전 재산을 들고 도망가는 경우도 있었다.

그렇다 보니 범죄자 인권 단체들은 범죄자들을 섣불리 도와주면 은혜를 갚거나 올바르게 사는 게 아니라 뜯어먹어도 되는 호구로 인식한다는 걸 나중에야 알았고, 그제야 범죄자가 아닌 다른 사람들을 돕는 쪽으로 방향을 바꾸게 된 것.

그 결과 한국에서는 범죄자 인권을 이야기하는 집단의 숫자가 확 줄어들었다. 그래 봤자 범죄자들에게 호구 인증하는 셈이니까.

"실제로 동물들을 보호하는 동물 보호소가 가장 두려워하는 게 뭔지 아십니까?"

"동물들을 안락사 하는 거?"

"아니요. 자기들이 소문나는 겁니다."

"뭐? 어째서?"

"소문나면 전국에서 그곳으로 동물을 버리러 오거든요."

길바닥에 버리면 잡혀가서 안락사가 된다. 그런데 저기다 버리면 먹여 주고 재워 준다더라, 그렇게 소문나면 정말로 전국에서 동물을 버리러 온다.

물론 소문나면 지원금이나 사료 같은 게 후원이 들어오기도 한다.

'아주 잠깐은 말이지.'

하지만 그건 금방 끊기고 결국 감당 못 할 정도로 버려지는 동물은 늘어난다.

'실제로 그런 일은 흔하지.'

어떤 사람이 절대로 동물을 죽이지 않겠노라 마음먹고 동물 보호소를 열었는데, 그게 소문났다. 그리고 어떻게 되었을까? 사람들이 기부하고 많은 후원이 들어왔을까?

아니다. 결국 그 사람은 신념을 꺾고 안락사를 하게 되었다.

일주일에 버려지는 동물이 쉰 마리씩 늘어나는데 무슨 수로 감당한단 말인가? 사료의 문제가 아니라 공간조차도 나오지 않았다.

결과적으로 그는 절규하면서 이걸 원하느냐고 울부짖었다.

'하지만 사람들은 자기 맘이 편한 걸 선호하지.'

먹여 주고 재워 주는 곳에 두고 왔다. 그러니 죽인 건 내가 아니라 저 사람이다. 그게 인간의 본성이다.

범죄자도 아닌 일반인이 그 지경인데 과연 범죄자들은 어떨까?

"그러니까 우리도 그들을 호구로 인증해 주는 겁니다."

"호구 인증이라, 하하. 무슨 뜻인지 알겠네. 아예 범죄자 인권 단체로 못 박아 버리자 이거군."

"맞습니다."

자신들이 손댈 이유가 없다. 자신들이 공식적인 범죄자 인권 단체로 못 박으면 그때부터는 범죄자들이 알아서 조질 거다.

"그리고 그놈들도 승리를 만끽하게 해 줘야지요."

"승리라니?"

"그놈들이 저러는 이유가 그거 아닙니까?"

막판에 송정한을 지지한다는 지지 선언을 했고 송정한이 이겼으니 그 과실을 내놓아라. 아무것도 안 하고 자기네 권리만을 주장하는 상황이다.

"그런데 말입니다, 만일 우리가 돈을 준다고 하면 어떻게 되겠습니까?"

"자기들이 이겼다고…… 아하!"

"네, 아마도 자기들이 이겼다고 생각하고는 아마 논공행상하려고 하겠지요."

말이 논공행상이지, 그 돈을 누가 집행하고 누가 이 집단의 권력을 차지하느냐로 미친 듯이 싸우기 시작할 거다.

"아시겠지만 그들은 일반 단체가 아닙니다."

정식 명칭은 한국인권총연맹, 즉 온갖 사회단체들이 손잡고 만든 하나의 집단이다. 그리고 그런 조직은 필연적으로 각자 개개인의 권력과 욕심을 채우기 위해 싸울 거다.

"매번 나오는 말이 있죠."

보수는 부패로 망하고 진보는 분열로 망한다. 노형진은 개인적으로 그 말이 틀리지는 않는다고 생각하는 편이었다.

"아마 재미있을 겁니다, 후후후."

⚖️

한인총은 말 그대로 축제 분위기였다.

"만세!"

"만세!"

"이겼다! 이겼어!"

정부에서 공식적으로 인정했다, 정부 지원금을 주겠다고.

물론 공식 발표는 아니지만 그건 어디까지나 절차적인 문제였다.

정부에서는 한인총에서 범죄자 인권을 챙길 시스템과 그와 관련된 내부 정리를 하는 대로 정식으로 승인해 주고 그후에 본격적인 지원을 해 주겠노라고 약속했으니까.

"이대로 가면 우리는 떼부자가 되는 거야, 으하하하~."

다들 완전히 승리에 취해서 잔을 높이 들었다.

그렇게 신나게 술잔을 기울이고, 슬슬 분위기가 정리되었을 때. 그때까지는 분위기가 좋았다.

하지만 어느 순간 분위기가 슬슬 가라앉기 시작했다. 왜냐하면 서로가 서로에게 슬슬 이빨을 드러낼 시점이었으니까.

모두의 승리이기는 하지만 동시에 누구의 승리도 아닌 시점. 당연히 누군가가 확실하게 승리해야 이 싸움이 끝날 거라는 걸 싸움 첫날부터 알고 있었다.

"일단은 내부 시스템부터 정리하는 게 어떨까 합니다. 당연히 예산 분배와 관련된 일은 현 회장님이신 장영아 회장님이 하시는 게 어떨까요?"

장영아의 측근은 바로 기회를 잡고 늘어졌다. 정부에서 지원금이 나오면 그걸 통제하는 건 현 회장이어야 한다. 그래야 자기들이 챙길 게 많아진다.

당연하게도 다른 사람들은 그렇게 생각하지 않았다.

"그렇잖아도 하실 것도 많은 분인데, 굳이 회장님께서 나서야 할 이유가 있겠습니까? 그냥 적당히 저희가 알아서 하지요."

"이런 일에는 회장님이 나서야지요. 그래야 나중에 더 큰 지원을 받을 수 있습니다."

나중에 더 지원받을 수 있다면 그때 챙겨 줄 테니까 여기서는 입 닥치고 물러나라는 은밀한 경고.

하지만 그 경고에 물러날 사람은 이 중에 아무도 없었다.

"아닙니다. 회장님께서는 바쁘신 분이니까 저희가 알아서 해야지요. 더군다나 회장님께서는 무려 열아홉 군데나 되는 사회단체를 이끌고 계시니 시간이 나시겠습니까?"

물론 말이 열아홉 군데지, 주소지도 같고 이름만 다른 곳들이다.

"아닙니다. 자잘한 건 정리하고 더 큰일에 집중해야 하지 않겠습니까? 허허허."

어차피 돈도 안 되는 그냥 세력 부풀리기용 단체 따위, 정리하면 그만. 당연히 돈 되는 거에 집중하려는 회장 일파.

그러나 아래서는 그걸 받아들일 생각이 없었다.

"그냥 저희한테 맡기시지요. 어차피 회장님께서는 죄수 인권에 대해서는 잘 모르시지 않습니까?"

회장이 주로 활동하는 쪽은 동물권과 여성 인권으로, 죄수 인권은 아니었다.

"그런 건 역시 우리 한득거 부회장님께서 하셔야지요. 죄수 인권에만 무려 20년을 투신하신 분 아닙니까?"

한득거 부회장. 이번 일을 계획한 당사자이자 동시에 한인총의 실권자 중 한 명이었다.

"전문성은 역시 우리 한득거 부회장님이 낫지 않겠습니까?"

장영아 파벌을 압박하면서 자기네 파벌의 리더를 밀어주는 한인총의 내부 사람들. 그리고 하나둘 각자 파벌을 대신해서 한쪽에 줄을 서기 시작했다.

"역시 장영아 회장님이 해야지요. 이 고생을 한 건 회장님인데."

한득거가 이권을 노린다고 생각하자 바로 한득거의 공적을 깎아내리면서 자신의 이권을 지키려고 하는 장영아 일파.

하지만 한득거 측도 포기할 생각이 없었다.

돈 벌어서 남 좋은 일을 할 수는 없지 않은가?

"어허, 전문성을 생각하셔야지요. 죄수 인권 운동의 전문성은 우리 한득거 부회장님이 낫다니까요."

"회장님이 이끄는 단체도 있습니다."

"저희, 아래도 여성죄수인권협회가 있거든요?"

이겼다고 생각한 양측의 싸움은 점점 점입가경으로 흘러가기 시작했다.

"우리가 여성 죄수만 취급하는 건 아니잖습니까?"

"결국 죄수들을 관리하는 건 똑같다는 거죠. 그러니 이건 회장님이 하는 게 맞아요."

"아니죠. 부회장님이 나서서 일을 정리해 주셔야지요."

어느 순간 술잔을 들고 만세를 부르던 사람들은 서로의 이권을 차지하기 위해 혈안이 되어 있었다. 당연한 일이었다.

'여기서 밀리면 아무것도 못 한다.'

농담이 아니라 진짜로 그렇다. 여기서 밀리면 다시는 기회가 안 올지도 모른다.

나중에 잘될 거라고 믿기에 송정한은 너무 위험한 놈이었다. 애초에 이번에 굴복한 것 자체가 기적이라고 할 만큼 말이다.

"그러니까 회장님이⋯⋯!"

"아니, 부회장님이!"

사람들은 이권과 돈에 대한 통제력을 두고 목소리를 높이고 있었다.

하지만 그들은 몰랐다.

그 시각, 이미 그들의 이름이 널리 알려지고 있다는 걸.

⚖️

"한인총에 도움을 요청하시라고요?"

한국에서 강력 범죄자가 가장 많은 청송 제2교도소.

그곳에도 출소하는 사람이 있기 마련이다. 그런데 그곳에는 의외로 범죄자 인권 운동가들이 거의 오지 않는다.

'위험한 놈들이니까.'

청송 제2교도소는 한국에서 가장 위험한 죄수들이 모이는 곳이다. 미국 방식으로 분류하자면 슈퍼맥스급 교도소, 즉 최고 보안 등급의 교도소다.

더군다나 그 특성상 제2교도소는 사기꾼 같은 화이트칼라 범죄자는 잘 안 들어온다. 살인이나 강도 또는 강간, 특수 폭행 등등 누가 봐도 위험한 인간들이 들어온다.

약자라는 이름의 강자　219

그렇기에 자칭 범죄자 인권 운동가들도 잘 안 오는 곳이 바로 청송 제2교도소다. 그런 놈들이 출소 후에 달라붙어서 뭔가 요구하기 시작하면 정말로 자기 목숨도 위험해지기 때문이다.

설사 온다고 해도 나가서 생활을 도와주는 외부 활동이 아니라 교도소 내부에 간식이나 과일 같은 사식을 넣어 주는 정도의 지원만 하지, 절대로 출소 후에 정착을 도와준다는 소리는 안 한다.

그랬기에 생각지도 못한 조언에 출소 예정자들은 귀가 번쩍 뜨였다.

"한인총이 뭐 하는 곳인데요?"

"한국인권총연맹이라는 모임입니다. 산하에 오백 이상의 인권 단체가 모인 초거대 인권 단체입니다."

"오오오~."

'나는 거짓말 안 했다, 진짜로.'

실제로 그 산하에는 오백 군데 이상의 인권 단체가 속해 있다. 물론 거의 절대다수가 활동하지 않는, 명목상의 존재만 하는 단체이지만 말이다.

"이번에 정부에서 적극적으로 그들을 지원해 주기로 했습니다. 거기서 죄수 인권에 대해 대대적으로 지원해 주기를 요구했거든요."

"그렇습니까?"

"네, 그 과정에서 투명성을 위해 모든 지원은 해당 단체를 통해 이루어질 예정입니다."

"정부에서 직접 지원이 아니고요?"

"아무래도 정부도 여론이라는 걸 신경 쓸 수밖에 없으니까요."

그건 어쩔 수가 없다. 정부에서 죄수를 지원해 준다고 하면 아마 국민들이 들고일어나고 난리가 날 거다. 국민들은 먹고 죽을 것도 없는데 죄수들을 도와준다고 말이다.

실제로 많은 자선단체들이 그러한 이유로 존재하기도 한다. 아예 안 돕자니 사회적으로 문제가 되고, 돕자니 은근히 사람들이 싫어하니까.

'그게 중요한 거지.'

정부에서 필요에 따라 누군가를 돕기 위해 자신들을 대행하는 단체를 지정하는 건 흔한 일이다. 사회적인 약자나 사회적으로 고립된 사람들은 어디에나 있으니까.

이를 반대로 말하면 그걸 제대로 운영하고 집행하는 시점에서 정부의 책임이 없어진다는 소리다.

'정부는 당당하게 그 책임을 다하라고 요구할 수 있지.'

노형진은 그걸 노리고 한인총으로부터 그 책임을 다할 거라는 약속을 받아 낸 것이다.

물론 다른 인권 단체라면 그렇게 한다고 해도 결국 그걸 안 지켜도 그만이다. 왜냐하면 그걸 안 지켜도 그 수혜자들이 소송하거나 항의하는 한계가 명확하기 때문이다.

예를 들어 장애인 인권 단체에 정부가 100억을 지원한다 해도 그 돈을 장애인 인권 단체에서 누구에게 줄지를 정해 둔 건 아니다.

그러니까 그 장애인 지원금을 받아 갈 사람은 장애인이면 된다.

그게 협회 회장일 수도 있고 협회의 주요 임원일 수도 있고 협회의 친인척일 수도 있지만 하여간 장애인이면 되는 것이다.

그걸 못 받았다고 가난하고 집 없고 힘없는 장애인들이 항의해 봐야 어차피 모든 장애인들을 다 도울 수는 없다고 하면 그만이고 실제로도 그렇다.

그렇다고 돈이 없는 가난한 장애인들이 변호사를 사서 소송할 수 있는 것도 아니지 않은가?

정부에 대한 협조 요청?

정부 입장에는 기초 생활 수급자 정도의 지원이야 가능하겠지만 그 이상의 지원은 이미 예산이 나간 상황에서 '장애인 단체에게 문의하세요.'라고밖에 못 한다.

그걸 노리고 온갖 가짜 인권 단체들이 돈 내놓으라고 발악하는 거다.

'하지만 과연 범죄자들을 두고 그 짓을 할 수 있을까?'

다른 사람들이야 돈 없고 힘없으니 저항 못 하지만 범죄자들은 내 거니까 당장 내놓으라고 하고, 저항하면 그때부터

무력행사를 할 거다.

'지금쯤 우리 한인총에서는 축배를 들고 있겠지만 말이지.'

이제 그 축배가 독배로 바뀔 시간이었다.

⚖️

노형진의 예상대로 한인총에서는 싸움이 거하게 붙었다.

정부에서 지원하는 지원금을 과연 누가 관리하느냐를 가지고 서로를 잡아먹을 듯이 달려들면서 악다구니를 하기 시작한 것.

"아직도 결정이 안 된 모양이군. 이런 건 보통 미리 준비해 두지 않나?"

송정한은 이해가 안 간다는 듯 고개를 갸웃했다.

"아마도 이렇게 적극적으로 밀어주는 걸 예상하지 못해서 그럴 겁니다."

"하긴 그건 그러겠지."

"그리고 이번에는 처음이지만 다음도 있으니까요."

"다음?"

"선거판에서도 흔한 거 아닙니까? 원래 다음이라는 건 절대로 없습니다."

선거에서 이번에는 나를 밀어주면 다음번에는 너를 밀어주겠다고 할 때 그걸 받아들이는 사람은 없다. 왜냐하면 절대로 다음은 없기 때문이다.

이번에 내가 국회의원이 된다고 하면 다음번에도 내가 되어야 한다. 다음번에는 지지도도, 지명도도 내가 더 유리한데 내가 왜 나서지 않는단 말인가?

설사 재선이 없는 대통령 선거라 할지라도 마찬가지.

내가 대통령 하면서 키운 자기 파벌 사람을 다음 대통령으로 만들려고 하지, 이미 나가리 된 자신과 거래한 정치인에게 기회를 주진 않는다.

왜냐, 이미 한번 대선 대립으로 감정이 상했고 그가 대통령이 되면 뒤통수를 후려치는 것은 아주 당연한 일이었기 때문이다.

"군사 반란을 했던 전 대통령을 감옥에 넣었던 사람은 같이 군사 반란을 했던 사람입니다."

"하긴."

그는 그가 자신을 지켜 줄 거라고 믿고 그를 대통령으로 만들어 줬지만, 권력을 쥔 이상 전임자는 자신의 치적을 위한 제물에 지나지 않는다.

서로 간의 믿음? 그딴 건 정치판에 없다.

"이것도 마찬가지이고요."

이번에는 내가 먹고 다음번에는 네가 먹자.

그런 거래를 걸어 봐야 어차피 정부에서 다시 지원을 따낼 수 있을지 불확실하고, 설사 따낸다고 해도 주류가 된 파벌에서 다 처먹으려고 하지 이번에 양보한 세력에게 나눠 주려고는 안 한다.

"그러니 어떻게든 자기네 파벌이 다 처먹을 수 있게 해야 하지요."

그래서 지금까지 시스템이나 일할 사람을 확정하지 못한 상황이었던 것.

"이해가 안 가는군. 아무리 그래도 이 정도로 개판일 줄이야."

송정한은 질렸다는 듯 고개를 절레절레 흔들었다.

"진짜 이쪽도 한번 싹 다 털어야겠군."

"맞습니다. 물론 필요에 의해서 하는 곳도 있기는 하지만요. 사실 이런 사회운동 지원금의 절반 이상은 상대방을 달래려고 쥐여 주는 돈이라는 거 다 아시지 않습니까?"

농담이 아니라 진짜로 그렇다.

정부에서 주는 사회운동에 대한 지원금의 절반 정도는 진짜로 사회적으로 아무것도 안 하는, 그리고 사회적으로 아무런 의미도 없는 놈들이 물고 늘어지는 걸 막기 위한 일종의 입막음으로 제공된다.

"그것만 해도 매년 거의 1조가 넘어갈 겁니다."

"대통령이 되기 전에도 모르는 건 아니었지만 대통령이 되고 나니 더 답이 없어."

송정한은 긴 한숨을 내쉬며 말했다.

"좋아. 일단은 알았네. 그런데 그 청송 쪽에 갔다 온 건 이야기가 잘되었나?"

"일단 소개는 해 줬습니다."

"그래? 그래서, 죄수들이 그쪽으로 갈 것 같나?"

"모르죠?"

노형진은 어깨를 으쓱했다.

"하지만 갈 가능성이 높지 않습니까? 청송 제2교도소입니다."

"하긴 그건 그렇지."

청송 제2교도소.

한국에 있는 슈퍼맥스급의 교도소로 최고의 보안을 자랑하는 곳이다. 즉, 그곳에 있는 범죄자들은 위험한 장기수들인 경우가 많다.

"대부분의 경우 그런 범죄자들은 가족들과 단절되죠."

가족들에게 폭력을 행사하기도 하고 또 가족들에게 위협이 되기도 한다. 그나마 다른 교도소들에 있는 죄수들은 가족들이 뒷바라지라도 하지만, 청송 제2교도소에 있는 죄수들은 뒷바라지도 안 하는 경우가 많다. 소위 말하는 내놓은 자식이니까.

"그래서 나오면 먹고살 수도 없죠."

죄수들이 출소하면 먹고 마시고 잘 장소가 필요하기에 실제로 정부에서 지원하는 사회단체 중에 그런 곳을 운영하는 단체도 있다.

필요하지만 노골적으로 지원해 주지 못하는 곳이 바로 그런 곳이니까.

그러나 한인총은 그런 걸 하겠다는 게 아니다. 적당히 과일이나 좀 사다 주고 자선하는 척하면서 돈을 빼돌리겠다는 거다.

"그런데 이제 폭탄이 찾아갈 테니……."

"그쪽에서는 허둥거리겠군."

"단 한 번도 제대로 죄수들에 대해 만나 본 적도 없고 심리에 대해 조사해 본 적도 없으니까 이번에 제대로 한번 겪어 보라고 하세요."

노형진은 키득거리며 웃었다.

"아마 땅을 치고 후회하겠지만요, 후후후."

⚖️

한인총의 사무실. 그곳에 찾아온 남자들로 인해 한인총의 사무실은 살벌하기 그지없었다.

"여기에 오면 먹여 주고 재워 준다던데?"

"저희, 그런 곳 아닙니다."

"뭔 개소리야! 씨팔! 내가 교도소에서 들었다고 여기에 오면 먹여 주고 재워 준다고 했다니까!"

"누가요?"

"누구더라? 하여간 누가 그랬어!"

모여든 험상궂은 세 명의 남자들은 고래고래 소리를 질렀다.

"그러니까 집 내놔! 이 쌍놈들아!"

"저희는 그런 곳 아니라니까요!"

"허? 누구를 병신인 줄 아나? 이미 인터넷에서 찾아봤거든? 이 씨팔 새끼들이?"

"야, 우리 출소했다고, 출소!"

그 말에 한인총의 직원들은 얼굴이 사색이 되었다.

'그건 그냥 거짓말인데.'

정부에서 지원받기 위해 만들어 둔 홈페이지에 자신들의 목적이 분명 죄수들의 자활 및 사회 복귀 지원이라고 되어 있기는 하다.

"아니, 그건 아직 준비가 덜……."

"닥치고 집 달라고! 우리가 이 날씨에 밖에서 자야겠어?"

"이거 지금 너무한 거 아냐? 우리가 죄수라고 무시해?"

"씨팔. 야, 내가 무려 12년을 복역하다 나왔어! 12년! 그러면 당연히 도와줘야 할 거 아니야!"

지랄 발광을 하는 죄수들, 아니 출소자들.

물론 그들도 처음부터 이런 건 아니었다. 처음에는 조용히 지원받으려고 했다. 하지만 애초에 지원할 계획이 없는 한인총에서 찬밥 취급을 하자 결국 본성이 튀어나온 것이다.

더군다나 그들은 진짜로 갈 곳이 없다.

가족들에게는 버려졌고 출소할 때 가지고 나오는 돈은 작은 원룸 하나 얻을 만큼도 안 된다. 직장을 구하자니 짧게 1~2년도 아니고 무려 12년을 복역하다 나온 거다.

죄목도 강도 살인이다. 그런 사람을 써 줄 회사는 별로 없다.

"우리, 그런 곳 아니라고요!"

"이런 씨팔 새끼들이 미쳤나?"

"야! 뒈지고 싶어!"

길길이 날뛰기 시작하자 한인총의 직원들은 겁먹고 코너로 몰렸다. 그러고는 결국 해서는 안 된 말을 하고 말았다.

"아…… 알아볼게요. 일단 알아볼 수는 있잖아요. 당장 집이 없다는 거니까."

일단 정부 지원금이 나오기만 하면 어떻게든 작은 원룸이라도 구할 수 있지 않을까 하는 막연한 희망.

"시간을 좀 주시면……."

"좋아. 시간 주면 된다 이거지? 빨리 구해라."

방을 구해 준다는 말에 흡족한 얼굴이 되는 세 사람.

그러나 그들의 요구는 그걸로 끝이 아니었다.

"그러면 돈이라도 좀 줘 봐."

"네? 돈이라니요?"

아주 뻔뻔하게 손을 내밀면서 돈을 내놓으라고 하는 출소자들. 그 손을 보고 직원은 어이없어서 되물을 수밖에 없었다. 이건 아무리 봐도 맡겨 둔 거 내놓으라는 꼴 아닌가?

"그럼 집 구할 때까지 길바닥에서 자리?"

"그건……."

"그리고 12년이나 술 한 모금 못 먹었단 말이야. 술이라도 한잔해야 하지 않겠어?"

그 말에 직원은 어이없었지만 이내 지갑에서 몇만 원을 꺼내서 그에게 건넸다. 당장 이 인간을 보내지 않으면 죽을 것 같았으니까.

"이게 얼마야?"

"국밥에 소주 한잔하자고."

시시덕거리면서 나가는 출소자들을 보며 직원들은 떨떠름한 얼굴이 되었다.

"저 새끼들이 뭐지?"

"그러니까."

"어째 일이 잘못되어 가는 것 같은데요."

직원들 모두 불안감에 떨었지만 그들이 할 수 있는 건 아무것도 없었다.

⚖️

"그러면 일단 장영아 대표가 이끄는 걸로 하도록 하죠."

파벌 싸움의 승리자는 장영아였다.

아무리 한득거가 경험이 있다고 해도 파벌이 약했고, 결정적으로 말로만 경험이지 사실 제대로 해 본 적이 없기에 경

힘이 없는 건 결국 비슷했기 때문이다.

"좋습니다. 그러면 장영아 대표가 이끄는 걸로 하죠."

장영아는 그런 이사회의 결정의 얼굴에 화색이 돌았다.

'지금부터 시작이야. 내 화려한 날은 이제부터 시작이라고.'

지금이야 정부 지원금을 받으면서 어떻게든 버티고 있지만 이제 아니다.

'조금만 더 노력하면 국회의원이 될 수 있어.'

자선사업? 보편적인 복지?

사실 장영아가 꿈꾸는 세상은 그런 게 아니었다. 그가 꿈꾸는 세상은 자신이 국회의원이 되어서 권력을 휘두르는 것이었다.

그런데 선거에 나가기 위해서는 돈이 필요했고, 시스템이 필요했으며, 또한 지원할 세력이 필요했다.

'시스템은 미리 준비했고. 세력도 충분해. 돈도 이제 해결된 것 같고.'

정부에서 지원받은 돈을 빼돌려서 선거에 나서면 국회의원이 되는 건 어렵지 않으리라.

"누님, 축하드립니다."

"역시 누님이시군요."

"누님, 잘 부탁드립니다."

승리를 자축하면서 모여드는 장영아의 파벌. 그런 그들에게 장영아는 미소를 지으며 말했다.

"고마워, 다들. 이제 더 높은 곳으로 가자."

'어쩌면 대통령이 가능할지도 모르지.'

인권 운동가라는 타이틀을 무기 삼아서 나선다면, 어쩌면 먼 미래의 자신은 대통령이 될지도 모른다는 상상을 하는 그때, 그를 따라다니면서 돕는 직원 중 한 명이 걱정스럽게 장영아에게 물었다.

"그나저나 회장님, 그 사무실에 찾아온 죄수들은 어떻게 할까요?"

"아직도 찾아와?"

"거의 매일 찾아와서 행패를 부리고 돈을 뜯어 간답니다."

십수 년 만에 마신 술. 그 술맛에 흠뻑 빠져 버린 죄수들은 돈을 구해서 술을 마시고 싶어 했다.

하지만 자기 돈은 아깝고 일할 수 있는 곳은 없으니 한인총에 찾아와 매일같이 돈 내놓으라고 행패를 부리고 있었던 것.

"하, 경찰이라도 불러."

"하지만……."

"안 부르면 어쩔 건데? 진짜로 계속 돈 주고 집도 구해 줄 거야? 경찰 불러서 끌어내."

'그게 말이 쉽지.'

장영아가 한심스럽게 말하자 직원은 그 말이 목구멍 위까지 올라왔지만 그대로 꿀꺽 삼켰다. 위에서야 쉽게 말하지만 그 말대로 했다간 죽을 수도 있으니까.

'미친년 같으니라고.'

죄수들은 쉽게 대응할 수 있는 놈들이 아니다. 실제로 모 공무원이 출소한 범죄자에게 살해당한 사건이 있었다.

이유인즉슨 출소 후에 기초 생활 수급자 신청을 했는데 노동력이 건재하다는 이유로 떨어졌기 때문이다.

그가 진상을 부리자 상급직이 발령받은 지 얼마 안 된 남자 공무원에게 끌어내라고 시킨 것. 그리고 그 출소한 범죄자가 칼로 남자 공무원을 찔러 죽인 것이다.

그런데 그걸 본 상급 직원들과 다른 직원들이 구조 활동이나 신고는 안 하고 비명을 지르면서 도망가 버리는 바람에 남자 공무원이 과다 출혈로 사망한 사건이었다.

심지어 그 상급 직원은 그 남자가 살인죄로 출소한 지 얼마 되지 않았다는 걸 알면서도 '별일 있겠어?'라는 생각과 '내가 위험한 거 아닌데, 뭐.'라는 생각에 하급직을 희생양으로 밀어 넣은 거다.

지금도 마찬가지다. 무려 강도 살인으로 12년을 살다 나온 놈들이다. 그런 놈들을 경찰을 데려와서 끌어내라니.

"좀 위험할 것 같은데요?"

"그러면 내가 해? 잔말 말고 시키는 대로 해."

하지만 장영아는 단호했다. 자기가 위험한 게 아니니까.

"네, 회장님."

부하 직원은 아무런 말도 못 했다. 목구멍이 포도청이라고 했다. 어쩌겠는가, 먹고살려면 해야지.

"그나저나 송정한이 만나자고 했다면서요?"

"네, 장기 계획에 대해 이야기하자고 하네요."

"좋아요. 한번 만나서 이야기해 보죠."

장영아는 이번 기회에 하나라도 더 뜯어내겠노라고 굳게
마음먹었다.

"그나저나 연세도 있는데 동티모르까지 가신다니, 참으로
대단하십니다."

"네?"

장영아는 송정한의 말에 당황해서 되물었다.

"동티모르라니요?"

"아, 소식 못 들었습니까? 지금 해외에 교도소를 이용할
생각입니다만?"

"그건 아직 국회에서 허락받지 못한 것으로 알고 있는데요?"

"국회에서도 긍정적으로 생각 중입니다."

실제로도 국회에서는 해당 사항에 대해 긍정적으로 생각하
고 있었다. 왜냐하면 어차피 범죄자들은 자기들 커리어에 도
움이 되는 것도 아니고 한국 내부에서도 암적인 존재이니까.

거기다 미국에서 해외 교도소를 이용한다는데 한국 국회

의원들이 자국 내 죄수들의 인권을 챙긴다고 반대하기도 애매하다.

'더군다나 범죄자들은 공공의 적이란 말이지.'

국민의 절대다수는 범죄자들이 동티모르에 가서 죽든 말든 신경도 안 쓴다. 도리어 그중 상당수는 '차라리 거기에서 뒈졌으면.' 하는 사람도 있을 거다.

그런데 국회의원들이 그런 국민들에게 반대하면서 인권을 부르짖는 건 쉬운 일이 아니다.

그렇다고 해서 동티모르의 시설이 나쁘냐면 그것도 아니다. 동티모르에 있는 시설은 동티모르가 아닌 한국의 규정을 기반으로 만들어진 교도소이기 때문에 시설이 나쁠 수가 없다.

동티모르 기준으로는 도리어 일반인이 사는 집보다 훨씬 낫다.

그러면 기후가 나쁘냐? 그것도 아니다.

연평균 24도 정도에 습도는 70% 정도. 살기에 나쁘지 않은 기후다.

어차피 죄수들은 교도소 밖으로 나가지 못하는 게 현실.

그런 죄수들의 경우는 차라리 최신식 시설의 교도소가 더 편할 수도 있다.

'물론 군대식 통제라는 것도 좋은 방법이고 말이지.'

노형진이 말한 군대식 통제. 처음에는 말도 안 된다고 생각했지만 또다시 생각해 보니 나쁜 것도 아니었다. 어차피 방장이라는 것도 비슷한 개념이고 소대, 중대 같은 군대 용어만 바꾼다면 문제 될 게 없다.

"아마도 무난하게 해외 이송이 진행될 것 같습니다. 알고 계셨던 거 아닙니까?"

"그……."

그 말에 장영아는 당황했다.

"몰랐네요."

"하여간 잘 부탁드립니다. 죄수들이라고 해도 기본적인 인권은 있어야지요. 안 그렇습니까? 하하."

물론 그건 사실이다. 하지만 그게 장영아에게는 그다지 좋게 들리지 않았다.

'이러면 곤란한데.'

다른 곳도 아닌 동티모르에 가서 살아야 한다니? 아무것도 없는 그곳에서 어떻게 살란 말인가?

굳이 돈을 모으는 이유가 뭔가? 잘 먹고 잘 살기 위해서가 아니던가? 국회의원이 되고 나아가 대통령 자리까지 노리는 장영아다. 그런 자신에게 동티모르로 가라니?

"저더러 가란 말씀이신가요?"

"대표로 가신다고 들었는데요? 동티모르에 가서서 죄수들의 생활을 직접 두 눈으로 감시하고 관리하신다고 들었습니다만."

"뭔가 오해가 있었나 보군요, 호호호."

그말에 장영아는 진땀을 흘렸다.

동티모르는 진짜 아무것도 없다. 제대로 된 호텔도, 호스트바도, 명품을 파는 곳도 없다.

'내가 죄를 지은 것도 아닌데 미쳤다고 거기를 가?'

그런데 거기에서 아무것도 없이 산다는 것은 장영아에게는 형벌이나 마찬가지였다.

'아무래도 한득거 파벌 놈들을 거기에 버리는 쪽으로 일을 진행해야겠는데? 그런데 쉽지 않겠어?'

한득거를 보낼 수만 있다면 일거양득이기는 하다. 거리가 멀어지면 권력에서도 멀어지는 법이니까.

'저항이 만만치 않겠지만.'

벌써부터 머릿속에서 계획을 짜던 장영아. 하지만 그 바람에 중요한 소리를 듣지 못했다.

"장 회장?"

"아, 죄송합니다. 대통령 각하, 뭐라고 하셨는지요?"

"그래서, 그 숙소는 잘 확보되고 있습니까?"

"네?"

"숙소 말입니다."

"아, 숙소 말입니까? 아주 잘 진행되고 있습니다."

그것은 출소한 범죄자들의 지원 계획 중 하나로, 한인총이 표면적으로 내세우는 조건 중 하나였다.

'적당히 두어 개 구해 두면 그만이지.'

그렇게 구해 두고 죄수들을 받아들이면 그만이다.

문제는 그 숫자인데, 어차피 아는 죄수들 중 문제가 안 되는 사람들만 받아들이면 된다.

'이미 아는 사람 위주로 명단은 확보해 놨으니까.'

그렇게 하면 죄수들은 자기들이 살 집을 싸게 구해서 좋고, 자신들은 그 돈을 빼돌릴 수 있어서 좋다.

"그렇군요."

송정한은 고개를 끄덕거렸다.

물론 송정한도 안다, 그들이 정상적으로 사업할 놈들은 아니라는 걸.

'하지만 나도 정상적으로 지원해 주려는 건 아니란 말이지.'

지원이 확정되었지만 그건 어디까지나 그 지원을 받을 대상이 정상적으로 작동할 때 받아 갈 수 있는 것이다.

그리고 송정한에게는 노형진 덕에 한인총이 정상 작동하지 못하게 할 패가 엄청나게 많았다.

"빠른 시간에 정상화 부탁드립니다."

사실 오늘 만나자고 한 표면적인 목적은 외부적으로는 빠른 정상화를 통한 출소자의 지원 확대에 대해 논의하기 위해서였다. 하지만 진짜 목적은 장영아가 어디까지 일이 진행된 건지 확인하기 위함이었다.

'그러니까, 집을 구하고 있단 말이지?'

그리고 그 집을 구한다는 게 장영아의 최대한의 패착이었다.

그들이 갈 곳을 찾아서

"역시나 내 예상대로네."

장영아가 집을 구하는 곳은 다름 아닌 과천이었다. 그리고 과천에 대해 노형진은 너무 잘 알고 있었다.

"이게 왜 문제가 돼? 과천이 사람 살지 못하는 곳은 아니잖아?"

서세영은 집을 보러 다니다가 이해가 안 간다는 듯 고개를 갸웃했다.

"과천을 차별하는 게 아니라 과천이라면 출소자들이 살 수 없는 곳이니까 문제가 되는 거야."

"과천에서 출소자들이 살 수가 없다고?"

"그래, 지금 한인총에서 구한 집들을 봐 봐. 과천 안행동

일대란 말이지."

"응, 그렇지?"

"그러면 그 주변에 뭐가 있는지를 확인해야지."

"뭐가 있는데? 딱히 별거 없어 보이는데?"

차의 창밖으로 흐르는 안행동의 풍경을 다시 한번 바라보면서 서세영은 고개를 갸웃했다.

"우리 세영이, 언제 다 가르치나."

"이씨, 나 열심히 하고 있거든? 알려 줘야 배우지."

"간단해. 이 안행동 일대는 말이지, 사무실촌이야."

"그게 왜?"

"너 같으면 멀쩡한 사무직에 출소한 범죄자를 쓰겠어?"

"확실히 그건 좀 그렇다."

사무직에는 언제나 지원자가 넘쳐 난다. 더군다나 과천의 안행동 주변은 주로 IT 기업들이 많다. 그런 곳에서 출소한 범죄자를 쓸 가능성은 높지 않다.

물론 진짜 출소한 범죄자가 IT 업계의 천재 클래스 소리를 들을 정도로 실력이 있다면 모르지만 말이다. 그런데 한인총에서 그런 죄수를 골라 받지도 않을 거다.

"이런 출소자를 위한 생활 지원을 하는 다른 수많은 단체들은 말이야, 안행동 같은 데가 아니라 화성이나 용인 외곽에 집을 구해."

"어째서?"

"필요한 게 거기에 있거든."

출소한 사람이 자리를 잡고 자기 삶을 살아가기 위해서는 몇 가지 조건이 필요하다. 집이란 단순히 먹고 자는 곳이 아니라 생활의 핵심이 되는 위치이기 때문이다.

"화성이나 용인 외곽은 말이지, 공장이 많아. 하나같이 작은 공장들이지."

그래서 언제나 사람이 부족하고 인원을 보충하려고 한다. 그렇기 때문에 상대적으로 범죄자들을 고용하는 비중이 높다. 사람이 없어서 말도 안 통하는 불법 체류자를 쓰는 판국인데 말이 통한다는 것만으로도 엄청난 가산점인 셈.

"그러네. 직장이라……. 그냥 먹고 자는 것만 생각했어."

"턱도 없지. 그리고 안행동은 상대적으로 비싸고."

안행동은 주변이 IT 계열의 직장이 많다. 그리고 한국에서 IT 계열의 임금은 높은 편에 속한다.

"실리콘밸리만 해도 봐 봐. 연봉 1억이면 실리콘밸리에서 집도 못 구해."

오죽하면 비행기 푯값이 더 싸서 아예 다른 주에서 살면서 비행기를 타고 출퇴근하는 사람도 있는 지역이 실리콘밸리 같은 곳이다.

물론 그런 사람들은 실력에 자신 있고 또 필요한 중요 인재라 회사에서도 재택 근무를 동의해 줘서 가능한 거겠지만, 그만큼 임금이 비싸다는 것은 현지 물가가 비싸다는 걸 의미

한다.

"그런데 출소한 범죄자를 저렇게 비싼 곳에 데려다 둔다고? 말도 안 되지."

"그러면?"

"그래, 목적성이 다른 거지."

출소한 범죄자들이 그저 거주할 수 있는 집을 구하는 게 아니라 누군가가 먹고살기 위한 환경이 필요하다는 거다.

"아마도 한인총 내부에 아는 사람이거나 하겠지, 뭐."

"인권 단체인데?"

"인권 단체는 뭐, 별반 다를 것 같아? 범죄자가 출소하고 갱생해서 인권 운동에 투신했다고 하면 어쩔 건데?"

"아……."

"너도 알잖아, 강간범이 여성운동에는 더욱 적극적인 거."

왜 그럴까? 그렇게 함으로써 자기가 갱생한 것처럼 행동하면서 다른 여자를 만날 기회를 노리기 위해서다.

진짜로 갱생한 사람은 과거에 잘못을 부정하는 게 아니라 인정하고 그로 인해 혹시 모를 피해가 발생할까 봐 행동 하나하나를 조심한다.

"너도 규정 봤지?"

"봤지."

"거기에 출소한 사람에 대한 주거 지원이라고 되어 있었잖아. 그런데 그 시기에 제한이 있었냐?"

"없었지……. 와, 이런 식으로 장난친다고?"

일단 출소만 하면 주거 지원을 해 주는 규정이니 10년이나 20년 전에 출소했다고 해도 주거를 지원받는 건 어려운 일이 아니다.

"그리고 종종 다른 수법도 쓰지."

"어떤 거?"

"명의 빌리기."

일단 정부에 어디에 출소한 누가 산다고 보고하고는 정작 실제로는 다른 사람이 사는 거다. 실제로 정부에서 그 사실을 확인하겠다고 그 집에 찾아가는 경우는 거의 없으니까.

"하?"

"원래 그런 식으로 장난치는 건 일도 아니야. 임대주택가면 최고급 독일 3사 차량들이 넘쳐 난다고 하잖냐."

"끄응."

분명 임대주택에 입주하려면 차량 가액도 심사받아야 한다. 하지만 슬쩍 말장난하면서 그곳에 들어가는 부자들이 엄청나게 많다.

다른 사람 명의로 집을 구하고 자기가 들어가든가, 아니면 차량을 남의 명의로 하든가 하는 식으로 말이다.

"하긴 지난번에 보니까 임대주택에 스포츠카도 있던데. 아니 임대주택보다 비싼 차를 끌고 다니면서 왜 거기서 사는 거야?"

"편하거든. 거리의 문제지."

서울의 임대주택은 위치만 괜찮으면 살기 좋다. 경기도에서 출퇴근하는 것보다는 훨씬 편하니까 장난쳐서 일단 입주한 후에 일종의 세컨드 공간으로 사용하는 거다.

실제로 그런 놈들은 보통 자기 집이 따로 있는 편이다.

"그리고 그런 문제가 20년 넘게 지적되고 있지만 고쳐지지 않고 있지."

"하긴 그건 그래."

방송에서 거의 매년 나오는 이야기인데도 불구하고 그걸 못 잡는다. 정확하게는 안 잡는다.

왜냐, 그 수혜자는 가난하고 어려운 사람이 아니라 부자에 권력자이기 때문이다.

"인터넷 밈도 있지. 교도소 밥이 군대 밥보다 좋은 이유는 권력자들이 교도소에는 가도 군대에는 안 가서, 라는."

이것도 마찬가지다. 현실적으로 이런 식으로 장난친다고 해서 공무원들이 그걸 확인하고 조사하고 현장에 와서 사는 사람을 확인할까? 아니다. 그럴 리가 없다.

"그러면 어떻게 해? 우리가 집 빼라고 할 수도 없잖아?"

아무리 노형진이라고 해도 한인총을 드러내고 공격할 수는 없다. 일단 한인총 자체가 기본적으로 인권 단체이기 때문이다.

인권 단체를 섣불리 공격하는 것은 스스로 욕먹기 딱 좋은 행동이다.

"내가 공격할 이유는 없어. 그 대신에 이 지역 주민들이 공격하겠지."

"이 지역 주민들이?"

"말했잖아, 안행동은 나름 잘사는 사람들이 사는 동네라고."

물론 서울의 강남이나 논현 정도는 아니지만 그래도 나름 자리 잡은 성공한 사람들이 사는 곳이다.

"그리고 그런 곳에서 사람들이 가장 신경 쓰는 건 다름 아닌 교육이거든."

개천용이라는 말이 있다. 그리고 현시대에 IT 관련 기술자들의 절대다수는 개천용이다. 진짜 돈 많은 사람은 자기 사업을 하거나 판검사나 의사 같은 전통적인 성공한 자리를 선호하기 때문이다.

인도가 전 세계 IT 최강국 중 하나가 된 이유가 뭔가?

인도는 신분에 따라 직업을 가져야 하는데 IT 쪽은 어디에도 속한 게 아니기에 재능 있는 사람들이 그쪽으로 몰렸기 때문이다.

"안행동도 마찬가지야."

그리고 개천용들의 공통점은 바로 자식에 대한 치열한 교육열이다. 자신의 길을 이어 가거나 다시 한번 성공하기를 바라기 때문이다.

"그러니까 그 부분을 노려야지, 후후후."

　　　　　　　⚖️

　안행동은 과천에서도 살기 좋은 동네다. 높은 아파트가 가
득 있고 주변에는 대형 마트와 호텔 같은 곳도 있다.
　그런데 그곳의 부동산에 이상한 소문이 돌기 시작했다.
　"이봐, 김 사장. 소문 들었어?"
　"응? 소문? 무슨 소문?"
　오랜만에 만난 동료 부동산 업자의 말에 김 사장이라고 불
린 남자, 김타수는 되물었다.
　"내가 요즘 바빠서 말이지."
　"바쁘기는 개뿔. 요즘 골프 친다고 여기저기 쑤시고 다닌
다면서?"
　"내가 치고 싶어서 치나? 그게 다 고객 관리라 이 말이야."
　"허이구, 지랄하고 자빠졌네."
　가벼운 티격태격이 오가자 그 옆에 있던 여자가 불쑥 끼어
들었다.
　"이 사장, 뭘 말하다 말어? 그러면 사람들이 화내는 거 몰라?"
　"뭘 화를 내?"
　"내 딸이 그러더라고, 사람들을 화나게 만드는 두 가지 방
법 중 첫 번째가 말을 하다가 끊는 거고."
　"그리고?"
　"……."

"아니, 말을 하다 말고 끊으면 어떻게? 말을 해."

"……."

"말을 하라고!"

"당한 겨, 이 사장."

보다 못한 김 사장이 이 사장을 보면서 피식 웃었다.

"당했다고? 내가? 내가 뭘 당했…… 에잇!"

"호호호호호, 딸한테 내가 그렇게 당했지."

"김 사장은 어떻게 안 거야?"

"나도 둘째가 딸이잖아."

"이거야 원. 난 두 명 있는 자식이 전부 남자 새끼라 그런가 이런 사근사근한 게 없네."

잠깐 신세 한탄을 한 김 사장. 그는 이 사장에게 느긋하게 다시 물었다.

"그러고 보니 아까 말을 하다 말았는데, 뭔 소문이 도는데?"

"아? 그러고 보니 그게 중요한 건데 말을 안 할 뻔했네."

"치매 온 거야?"

"그건 아니야. 그냥 정신이 없네. 그, 이 근처에 범죄자들 자리 잡는다네?"

"뭐? 그걸 또 어떻게 알아? 아니, 범죄자들이 '저희 옵니다.'라고 말하고 오기라도 한대?"

어이없는 얼굴이 되는 김 사장. 하지만 유일한 여자인 박 사장은 빠르게 얼굴이 굳었다.

"혹시 그거 아냐? 성범죄자 알림이?"

딸만 두 명인 박 사장은 은근히 그런 걸 신경을 안 쓸 수가 없었기에 성범죄자가 자리 잡으면 그걸 주변에 알린다는 걸 알고 있었다. 그랬기에 얼굴이 굳은 것이었다.

그러나 그 결과는 생각보다 더 최악이었다.

"아니, 그것보다 더 상황이 안 좋아. 그리고 그건 이사하고 나서 알려 주는 거지 그 전에 알려 주는 건 아니잖아?"

"그건 그렇지. 그런데 더 안 좋다니? 뭐, 강간범이 여기에 떼거리로 자리 잡는데?"

"그거랑 비슷하지."

"그게 무슨 소리인데?"

"그 손님으로 온 변호사가 한 말인데, 인권 단체에서 여기에 강력 범죄자들이 거주할 집단 숙소를 얻기로 했다네."

"뭐? 그게 무슨 소리여?"

"아니, 강력 범죄자들 집단 숙소라니 말이 돼?"

"나도 처음에는 헛소리인 줄 알았다니까? 그런데 그게 진짜더라고. 심지어 여기 오는 범죄자들이 살인, 강도, 강간 같은 초강력 범죄자래."

"아니, 뭐? 그게 사실이야?"

"그 사람들이 왜요? 변호사가 왜 그걸 알려 주고?"

이 사장의 말에 김 사장과 박 사장은 다급하게 되물었다. 강력 범죄자가 함께 산다는 것은 무척이나 심각한 문제니까.

이것이 법이다

그것도 여기는 젊은 부부가 많이 사는 동네다.

그런데 거기에 강도 강간범들이 이사 온다?

"그 사람 말로는 미리 홍보차 명함을 돌린다고 하더라고."

"홍보차?"

"강력 범죄자들이라 재범할 가능성이 높아서 주변에서 사고 터지면 자기들한테 연락 달래."

"미친 변호사 새끼들."

"변호사들이 돈독 오른 게 어디 하루 이틀이야?"

잠깐 변호사를 욕했지만 이내 다시 이야기는 그 강력범들이 사는 집으로 향했다.

"그러면 그때는 어떻게 되는 건데?"

"난리 나는 거지. 한인총이라던가? 거기서 벌써 집을 몇 채 얻어 놨다던데? 이번에 강도 살인으로 출소한 놈들한테 줄 거래."

"한인총? 사람 이름이야?"

"사람 이름이 아니라 한국인권총연맹이라는 곳이라네."

그 말에 듣고 있던 김 사장은 자신도 모르게 자리에서 벌떡 일어났다.

"뭐? 한국인권총연맹?"

"아이고, 깜짝이야! 갑자기 왜 그려?"

"확실해? 확실하냐고!"

"확실해. 그 이름도 요상한데 내가 잊어버리겠어?"

그렇게 말하면서 이 사장은 핸드폰으로 검색해서 홈페이지를 김 사장에게 보여 주었다.

"봐 봐. 홈페이지도 있잖아, 여기. 어디 보자…… 행동 목적, 출소자의 자활과 자립을 위한 주거 지원. 여기도 나와 있네."

"이런 씨팔!"

김 사장은 다급하게 그걸 보기 시작했다. 그 모습을 본 이 사장과 박 사장은 그가 왜 그러는지 알 것 같았다.

"이런 씨팔."

"뭐여? 설마 김 사장, 그거 소개해 준 거야?"

"그, 루미나 시티 104동 908호 물건 해 줬는데."

"뭐? 아이고, 난리 났네. 거기가 어디라고 해 줘!"

"아니, 내가 이렇게 될 줄 알았나."

루미나 시티 아파트는 이 지역에서도 가장 비싼 아파트 중 하나다. 특히나 908호는 소위 말하는 로열층이라 더럽게 비싼 곳이기도 했다.

"거기 주인이 바로 옆집 살지 않아?"

"10층 살지. 1008호."

돈이 있는 주인집에는 아이가 있었는데, 그 바람에 층간 소음이 발생하자 그걸 막겠다고 아래층을 산 것.

일반인들은 꿈도 꾸지 못할 일이지만 그게 가능한 집이었다. 최소한 위층이 주인집이라면 섣불리 층간 소음으로 싸우지 않을 테니까.

"아니, 미친. 그런 데를 범죄자에게 줬다고?"

"내가 범죄자인 줄 알았나! 애초에 범죄자면 안 주지! 인권 뭐시기 하는 놈들이라기에 사회단체인 줄 알았지!"

좋게 말하면 절세, 나쁘게 말하면 탈세를 위해 사회단체 하나 만들어서 거기를 통해 경비 처리하는 인간들이 많은 걸 알기에 이번에도 그럴 거라 생각해서 무시했던 김 사장에게는 날벼락도 이런 날벼락이 없었다.

"이거 위에서 불벼락 떨어지겠네."

심지어 그 집주인은 딸만 둘이다. 그런데 아래층에 강간 살인범이 산다? 그것도 자기 집에 세로 들어와서? 그걸 과연 집주인이 용납할까?

"그, 전화번호 알어?"

"누구? 그 변호사?"

"그래, 그 변호사. 아니다. 나 일단 그 집주인이랑 전화 좀 하고 올게."

다급하게 핸드폰을 들고 나가는 김 사장.

그 모습을 보고 박 사장도 핸드폰을 들었다.

"이거 여기만인 거 아니지?"

"아닐걸. 그 변호사도 여기에 여러 곳 구하고 있다고 했어."

"허머, 조졌네. 이거 경보 좀 해야겠네."

박 사장 역시 여러 단톡방에 다급하게 글을 올리면서 소문을 내기 시작했다. 그리고 그렇게 소문은 빠르게 돌기 시작했다.

"이거 진짜 취소 못 합니까?"

아무 생각 없이 임대계약을 한 집주인인 한보람은 다급하게 노형진을 찾아왔다. 다른 변호사들이 없는 건 아니지만 이미 소문을 듣고 그걸 추적하고 있던 변호사가 더 나을 거라 생각했기 때문이다.

"쉽지는 않습니다."

"아니, 어째서요?"

"일단 계약하셨잖습니까?"

"아니, 모르고 한 거라니까요. 미친 새끼들이 올 줄 알았으면 누가 계약합니까?"

"그게 문제이기는 한데……. 솔직히 소송하시려면 할 수는 있습니다."

"끄응."

"문제는 소송과 퇴거는 전혀 다른 문제라는 거죠."

소송해서 계약 위반으로 이겨서 계약을 파기할 수는 있다. 하지만 이게 계약이 무효가 아닌 취소 사유라서 그사이에 출소한 범죄자가 들어가는 걸 막을 방법이 없다는 거다.

"그리고 2년 계약하셨으니까 항소하고 그러다 보면 2년 정도 시간 끄는 건 어려운 일도 아닙니다."

"아니, 미치겠네. 혹시 거기에 들어올 범죄자가 누군지 아십니까?"

"저는 잘 모르겠습니다만. 서 변호사, 혹시 정보 들어온 거 있어?"

그 말에 서세영은 아무것도 모르는 척 자신이 아는 정보를 내놨다.

"최근에 한인총에 다니는 출소한 범죄자들이 여럿이기는 한데요."

"한데요?"

"일단 가장 가능성이 높은 건 강도 살인으로 12년 형을 받은 패거리 세 명이 있고요, 아동 납치 살인미수로 14년 형을 받은 놈이 하나 있네요."

"아동 납치 살인미수? 14년 형? 어, 혹시 그거 조말두 아닙니까?"

"아세요?"

"아니, 그걸 어떻게 몰라요! 그 새끼는 살인도 했잖습니까!"

14년 전 세상을 발칵 뒤집었던 아동 납치 강간범이자 살인미수범. 그가 얼마 전 출소했다.

그런데 그가 젊은 시절 술에 취한 채로 사람을 두들겨 패서 죽인 걸 모르는 사람들이 생각보다 많았다.

그러나 당시에는 술을 마시고 사람을 죽였다는 이유로 심신미약이 인정되어서 고작 2년밖에 안 살고 나왔다.

그 시절에 술이라는 것은 범죄를 벗어나는 가장 강력한 무기였기 때문이다. 오죽하면 살인이나 강간을 하고 싶으면 술 마시고 하면 풀어 준다는 말이 돌 정도였다.

"미친? 그 새끼가 온다는 겁니까?"

"아아…… 악."

너무 놀랐는지, 아내는 그대로 뒤로 넘어가면서 실신해 버렸다. 그 모습을 본 세서영이 다급하게 그녀에게 다가갔다.

"아주머니 괜찮으세요? 아주머니!"

"빨리 구급차 불러, 어서!"

그녀는 그대로 실려 갔고 한보람은 다급하게 병원으로 향했다.

그러나 한보람은 병원에서 새론으로 다시 돌아올 수밖에 없었다. 깨어난 아내가 무슨 수를 써서라도 막아야 한다고 울고불고 난리도 아니었기 때문이다.

"노 변호사님, 제발 부탁드립니다. 제발요. 그 새끼를 막아야 합니다."

"흠……."

노형진은 그 말에 한참을 고민했다. 그러다가 떨떠름하게 말했다.

"솔직하게 말씀드리자면 말입니다, 법적으로는 못 막습니다. 아니, 막을 수야 있죠. 하지만 아까도 말씀드렸다시피 승소를 해도 이미 입주하고 상당한 시간이 지난 후일 겁니다. 아마도 높은 확률로 이쪽이 승소한다고 해도 2심을 요구할 테고, 그러면 2심이 끝날 때쯤이면 2년이라는 계약 기간은 이미 끝났을 거예요."

"그러면 방법이 없다는 겁니까!"

한보람은 머리를 부여잡았다. 성범죄자가 그것도 자기 집에 세 들어 산다니. 심지어 바로 아래층이다.

층간 소음으로 항의한다고 올라와서 무슨 짓을 할지 누가 안단 말인가?

"물론 조말두가 아닐 수도 있습니다. 조말두가 그쪽에 다닌다는 거죠."

"그래도 범죄자일 거 아닙니까!"

'그거야 그렇겠지.'

아마 한인총과 알고 지내는 범죄자 중 한 명일 가능성이 높다.

"그런 놈을 받아 주면 전 사회에서 매장당할 겁니다."

아무리 아파트에서 서로 간의 정이 없이 산다고 해도, 그래서 바로 옆집에 누가 사는지조차도 모른다고 해도 범죄자를 자기 집에 세 들어 살게 해 준 주인에 대해 좋은 소리가 나올 리가 없다.

처음이 쉽지, 나중에도 또 범죄자를 받을 수 있다고 공포에 떨 테니까.

더군다나 그 범죄자가 그냥 경제사범도 아니고 강도, 강간, 살인 같은 강력 범죄자라면?

아마 아파트 입주민들의 눈이 돌아갈 거다.

"물론 방법이 아예 없는 건 아닙니다만……."

노형진은 뭔가 곤란하다는 듯 목소리를 낮췄다.

"방법이 있는 겁니까?"

"네, 방법이 있습니다."

"아직 입주 안 했다면서요? 그러니까 입구를 봉쇄해야죠."

"입구를 봉쇄한다고요?"

"네."

"어떻게요?"

"그거야 뭐, 방법을 찾아야죠. 벽을 세우든 쇠창살을 세우든 겹겹이 자물쇠를 달든."

어느 방법을 쓰든 문을 봉쇄해서 못 열게 하면 그만이다.

"그런다고 계약을 해지할까요?"

"안 할 수가 없죠. 왜냐하면 2년 계약에 항소를 통해 기간 연장할 수 있는 방법을 쓸 수 있는 건 저쪽뿐만이 아닙니다."

"네?"

"이게 애매한 건데요."

법적으로 봤을 때 임대계약을 한 후에는 그 집에 설사 집주인이라고 해도 마음대로 들어가서는 안 된다. 실제로 판례에 따르면 집주인이라고 해도 마음대로 들어가면 주거침입이 된다.

"그런데 말입니다, 지금 아직 안 살잖아요? 그게 핵심입니다."

임대계약자가 살지 않으니 그걸 주거침입이라고 보기가 애매해지는 것.

기존 판례는 이미 계약자가 그 집에 살거나 이용하고 있기에 부정할 수 없이 주거침입이 되었지만 이번에는 아직 아무도 안 산다.

"그리고 설사 계약을 하더라도 소유권이 넘어가는 건 아니니까 중요한 거죠."

만일 계약하고 입구를 봉쇄한다면 어떨까? 당연하게도 그 소유권에 대한 방해는 인정받지 못한다. 자기 소유가 아니니까.

주거침입이라고 보기도 애매하다. 일단 입주된 것도 아니니까.

그렇다면 기껏해야 재산권 행사의 방해 정도인데, 이는 형사적 영역이 아니라 민사적 영역이다.

"똑같이 2년간 싸울 수 있다는 거죠."

"그러면 최악의 경우 집을 2년간 비워 둘 수도 있다는 소리지 않습니까?"

"최악의 경우는 그렇죠."

하지만 그게 아깝다고 범죄자를 받아 주면 아마 그 동네에서 사람 구실을 하면서 살 수 있지는 못할 거다.

"물론 불법이기는 합니다. 하지만 설사 어찌어찌 어거지로 형법으로 걸린다고 해도 벌금 정도로 끝날 겁니다. 물론 형법상에 걸리는 게 없다는 게 문제지만요."

"그러면 그쪽은요?"

"계약 해지 퇴거를 받아들이고 나가야지요. 애초에 소송할 때도 그 부분이 저쪽에 불리하니까요."

보통 집을 계약할 때는 그 집에 살 사람을 아주 심각하게 특정하거나 하지는 않는다. 왜냐하면 어차피 거기서 누가 살든 주변에 큰 영향이 없는 경우가 대부분이기 때문이다.

그나마 영향을 주는 게 애완동물을 키우는 정도? 그나마도 그 주변에 영향을 주는 게 아니라 그 집의 집기와 관련된 싸움이다.

애완동물들은 특유의 냄새가 있거나 벽지나 가구 문 같은 걸 뜯어 두기도 하니까.

'하지만 범죄자는 아니지.'

범죄자는 주변에 엄청난 악영향을 끼친다. 사기꾼이라면 주변 사람들을 대상으로 사기를 칠 가능성이 높아지고, 성범죄자라면 강간을 저지를 확률이 높다.

'조말두가 이사한다고 했을 때 마을이 발칵 뒤집어진 이유가 뭔데.'

강간범이 언제 어디서 누구를 어떻게 다시 강간할지 모르기 때문이다.

전자 발찌? 그건 절대로 예방책이 아니다.

실제로 그걸 끊거나 낀 채로 강간한 사건이 엄청나게 많다. 그저 그걸 착용함으로써 도주를 못 하게 막는 것뿐이다.

그리고 그런 쪽으로 민사소송을 하면 계약 해지 소송이 가능하다. 범죄자가 거주한다는 사실은 계약 시에 알려 주지 않기에는 아주 예민한 정보니까.

"그러니까 계약 해지하고 입구를 막으라 이거군요."

"정확하게는 반대입니다. 이쪽에서 먼저 막고, 그 후에 계약 해지 청구를 해야 합니다. 언제 들어올지 모르니까요"

한인총과 장영아는 절대로 계약 해지를 안 받아들일 테니까.

"알겠습니다."

한보람은 이를 악물었다. 벌금 소송? 조말두가 이사 오는 것에 비하면 전혀 무섭지 않았다.

"무슨 수를 써서라도 쫓아낼 겁니다."

그는 아주 독하게 마음먹었다.

루미나 시티 아파트.

과천에서 나름 잘사는 동네인 그곳에, 장영아는 이사 갈
날만을 기대했다.

물론 정부의 지원금으로 얻은 집이다. 출소한 범죄자의 명
의를 빌려서 그곳에서 사는 것으로 하고 자신이 이사 가려고
했던 것.

그러나 이삿짐을 싣고 이사할 집에 온 그녀는 당황할 수밖
에 없었다.

"이게 뭐예요?"

"글쎄요? 그런데 이래서는 이사 못 하겠는데요?"

입구가 막혀 있었다. 잠긴 정도가 아니다. 아예 문을 뜯지도 못하게 용접해 버렸던 것.

"이게 대체 뭐 하자는 거예요!"

당연히 장영아는 집주인인 한보람에게 전화해서 길길이 날뛰기 시작했다.

─제가 말씀드렸잖습니까? 계약 해지한다고요.

"아니, 그건 저희가 못 받아들인다고 말씀드렸잖아요!"

─그러면 처음부터 받아들일 수 있는 조건으로 하셨어야지요. 범죄자를 위한 집이라니, 그건 전 진짜 들은 적도 없는 말입니다.

"범죄자가 들어가지는 않을 거예요!"

─그러면 누가 들어가는데요? 제대로 말을 하셔야지요.

"그건……."

당연히 말 못 한다. 왜냐하면 자신이 들어간다고 하면 그 자체로 불법의 증거가 되기 때문이다.

그렇기에 장영아는 짜증스럽게 말할 수밖에 없었다.

"그건 개인 정보라 말씀 못 드려요."

─그게 말이 됩니까? 내가 집주인인데, 집주인한테 입주자의 정보를 개인 정보라서 못 준다는 게?

"아니, 저희 일이 그렇다니까요."

─아, 시끄럽고 저희는 계약 파기할 테니까 계좌 달라고요. 계약금하고 위약금하고 보내 드릴 테니까.

"아니, 필요 없고요. 저희 들어갈 테니까 문 여세요!"

이것이 법이다

-싫습니다.

"저희 계약되어 있거든요? 자꾸 그러시면 문 부수고 들어가요?"

-어디 한번 부숴 보세요. 문 부수는 순간 재물 손괴입니다. 그리고 재물 손괴면 계약 파기 조건인 거 아시죠?

"변호사를 부를 거예요!"

-변호사를 부르든 경찰을 부르든 마음대로 하시고. 아무튼 우리는 입주 허락 못 합니다.

"이이익!"

가차 없이 끊어 버리는 한보람의 행동에 장영아는 눈을 크게 떴다.

"와, 씨팔. 이게 뭐 하자는 거야?"

장영아는 기가 차서 바로 경찰을 불렀다. 그러나 경찰 역시 해 줄 수 있는 게 없었다.

"이거요? 저희가 뭘 해 드리기 애매한데요."

"네? 하지만 이건 불법인데요?"

"글쎄요? 이게 계약 해지에 관한 부분인데 그러면 이건 불법이 아니라 민법 영역이라서요."

경찰은 어쩔 수 없다는 듯 어깨를 으쓱했다.

"이건 변호사랑 이야기해 보셔야 할 것 같습니다."

"네? 그러면 저는요? 짐은요?"

"저희야 방법이 없죠."

이미 이삿짐을 다 뺐고 전에 살던 집은 다른 사람들이 입주한 상태였다. 그런데 이제 와서 입주를 못 한다니.

"아니, 이게 말이나 돼요?"

"말이 안 되면 소송하셔야지요. 이건 경찰이 해 줄 수 있는 게 없어요."

고개를 절레절레 흔드는 경찰들. 그때 그 모습을 본 이삿짐센터 직원이 곤란한 듯 다가왔다.

"저기 이사를 못 하실 것 같으시면 그 물건 보관하는 컨테이너라도 소개해 드릴까요? 이제 슬슬 저희도 가야 해서요."

그 말에 장영아는 어이없다는 듯 경찰과 이삿짐센터 사람을 바라보다가 소리를 바락바락 지르기 시작했다.

"아악! 모조리 다 죽여 버릴 거야!"

⚖

"오빠."

"응?"

"이미 입주한 상태면 어떻게 해?"

"뭐가?"

"이번에 장영아…… 아니 한인총에서 이사하는 거 보다가 문득 그 생각이 들어서. 그렇잖아. 이번에야 이사하기 전에 어떻게든 막았다지만, 만일 입주한 후에야 사실을 알게 되면 어떻게 되나 해서?"

"솔직히 방법이 없지."

"진짜로?"

"그래. 그래서 말이 많은 거고."

"말이 많다고?"

"출소한 사람들이 돌아가는 곳이 어디겠어?"

"집이겠지?"

"그래. 그런데 보통 집을 빌릴 때 소문나는 게 싫어서 가족 명의로 빌리거든."

"그래?"

"그래."

'그래서 조말두가 석방될 때 아주 난리도 아니었지.'

조말두가 석방된 시기에 그 누구도 그에게 집을 빌려주려고 하지 않았고, 그래서 조말두는 아내의 이름으로 집을 빌려서 그곳에 들어갔다.

그리고 그 사실이 소문나자 그 동네는 발칵 뒤집혔다.

하필이면 또 그 주변에 초등학교와 어린이집이 있는데 조말두는 아동 성범죄자였기 때문이다.

결국 조말두는 계약을 포기하고 보증금을 받고 그곳에서 이사 나올 수밖에 없었다. 그나마도 그곳이 입주 직전이라 가능했던 거지, 입주한 상황에서는 별 뾰족한 방법이 없었다.

"그래서 요즘은 그런 주장이 많이 나오잖아. 출소한 범죄자들을 격리할 수 있는 시설을 만들어야 한다고."

"하지만 그건 위법이잖아? 이미 헌법위반이라고 나온 걸로 알고 있는데?"

"보호감호 제도 말이지? 그런데 그건 일부만 위헌이 나온 거라서 말이지. 실제로 지금도 몇 번이나 그걸 다시 만들려는 시도가 있기는 했지."

"뭐? 그걸?"

보호감호 제도란 감옥에서 출소한 범죄자를 갱생과 사회인으로 훈련시킨다는 명목으로 보호감호소라는 곳에 가두어두는 걸 말한다.

그게 문제가 되는 이유는 형량이 5년이면 5년으로 끝나야 하는데 출소하고서도 보호감호소에서 추가로 교도소 수감 생활을 하는 것이나 다름없었기 때문이다.

즉, 형량 5년에 보호감호 10년이면 그 사람은 무려 15년을 갇혀서 생활해야 한다는 거다.

"하지만 사람들의 생각은 다르니까."

"음……."

"그래서 독일식의 보호감호 제도라도 다시 부활시키자는 의견이 많아."

"독일에도 보호감호가 있다고?"

"있어. 물론 한국하고는 많이 다르지."

한국은 말이 보호감호 제도지, 그냥 두 번째 교도소 생활이라고 보면 된다.

그에 비해 독일은 제대로 된 사회 복귀 훈련과 갱생 과정으로 프로그램화하고 개선된 생활환경을 제공하는 등 확연히 교도소와는 다르다.

"그럼에도 불구하고 인권침해 문제는 계속되고 있지만."

어찌 되었건 사람을 강제로 가두어 두는 것은 사실이니 말이다.

"이 부분이 진짜 대중과 법의 괴리지."

대중은 자신들과 사회의 안전을 위해 범죄자들을 격리하기를 원하지만 이는 헌법에서 금지한 이중 처벌의 금지에 걸린다.

"기껏해야 사는 곳을 지정하는 정도?"

그나마도 지정한다고 해서 '어디 살아라.'가 아니라 '어디이상 나가지 말아라.' 정도가 한계다.

가령 아동 성범죄자의 경우 학교 주변에 접근 금지나 집 주변에서 일정 거리 이상 이탈 금지 정도.

물론 그래 봤자 이미 마음먹은 놈이라면 그 법마저도 대놓고 위반하니까 심각한 문제이지만.

"그러면 이건 방법이 없는 거구나."

"없지."

아무리 노형진이라고 해도 헌법을 위반하는 것은 불가능하다.

"설사 방법이 있다고 해도 그건 정부나 지역에서 알아서 조치할 문제지, 내가 알아서 할 문제는 아니야."

"하긴 지금도 그렇지."

안행동에서 한인총에 관련된 소문을 낸 이유가 뭔가? 노형진이 사건을 담당하게 하기 위해서?

아니다. 안행동 사람들 스스로가 자신들을 지키게 하기 위해서다.

"스스로 지키려고 노력 안 한다면 뭐, 방법이 없지."

그리고 다행히 안행동 사람들은 자신들을 스스로 지키기 위해 혈안이 되어 있었다.

"그나저나 지금쯤 슬슬 내가 보낸 선물이 도착할 때가 된 것 같은데."

"선물? 한인총에?"

"응."

"뭔 선물을 보냈는데?"

"아주 큰 선물을 보냈지."

노형진은 그렇게 말하면서 피식 웃었다.

"선물이라기보다는 트로이 목마에 가깝지만, 후후후."

"뭐? 그런데 그걸 그쪽도 알아채면 안 받아들일 텐데?"

"아마 모를걸."

노형진은 확신하고 있었다. 이미 몇 번이나 확인한 사항이니까.

"트로이 목마도 자기가 트로이 목마인 걸 모르는데 그걸 알아챌 리가 없지, 후후후."

⚖

"한인총은 물러가라!"

"우리 동네에 범죄자가 웬 말이냐!"

"강간범, 살인범을 안행동으로 보내려고 하는 한인총은 꺼져라!"

"이게 뭔 일이야."

한인총 사무실 앞에 모여든 안행동의 주민들의 항의와 시위를 보면서 장영아는 머리가 아파 왔다.

"이게 뭔 일이야? 도대체 정보가 어디서 샌 거야?"

"누님, 이러다 뭔 일 나겠습니다. 차라리 출소한 범죄자들 안 들여보낸다고 발표하면 안 됩니까?"

"씨팔. 그러면 그 손해는 누가 감당하는데? 한득거가 그냥 넘어갈 것 같아? 그 새끼가 그걸 물고 늘어질 거라고."

당장 안행동에 구한 집만 10채가 넘고 계약금으로 무려 2억이 넘게 나갔다.

"하지만 계약 파기한 건 저쪽이니까 차라리 돈을 버는 거면……."

"그런 문제가 아니잖아? 그러면 나는 어디로 가는데? 그리고 우리 애들은?"

"……."

"돌겠네."

안행동에 들어가지 못하면 집을 따로 구해야 한다.

물론 내 돈으로 내가 살 집을 구하는 거라면 문제 될 게 없다. 하지만 그렇게 되면 장영아가 원하는 화려한 집에는 못 들어간다.

"그래도 현시점에서는 방법이 없는데요."

한보람이 입구를 틀어막아 버리고 계약 파기를 선언한 시점에서 들어가자니 방법이 없었다. 소송을 걸기는 했지만 변호사는 범죄자, 그것도 청송 출신의 범죄자를 들여보내는 건 문제가 있기에 질 가능성이 높다고 했다.

"진짜 청송 출신도 아닌데……."

장영아는 입술을 깨물며 고민했다.

"진짜 다른 집을 알아봐야 하나?"

장영아가 그렇게 한참을 고민하고 있을 때, 사무실에서 일하는 직원 중 한 명이 문을 열고 그녀를 빼꼼 바라보았다.

"저기, 회장님. 언론사에서 찾아왔는데요."

"언론사?"

장영아는 그 말에 귀가 번쩍 뜨였다.

"그래! 언론사가 있었지!"

언론사들은 자기들이 선량하다고 믿고 있다. 그래서 깨어 있는 행동을 하고 싶어 한다. 그렇다 보니 언론사 중에는 자칭 약자를 편들어 주는 빡대가리들이 엄청나게 많다.

실제로 그런 언론사를 이용해 여론전을 수행하는 건 한인총 같은 단체에 있어 아주 핵심적인 요소 중 하나였다.

"어디라고 해?"

"새벽일보 소주영 기자님이요."

"오, 소 기자야?"

심지어 아는 기자다. 자신과 관계가 돈독한 기자이고 또 자신과 같은 깨어 있는 기자였다.

"들어오라고 해. 야, 너희들 나가."

"네, 회장님."

그녀의 의도를 바로 눈치채고 나가는 부하들. 그리고 그곳에 소주영이 들어왔다.

"언니, 이게 무슨 일이우?"

"주영이 넌 어쩐 일이야?"

"상부에서 취재하라고 해서 왔지. 뭔 일 터졌다면서?"

소주영은 대충 인사하면서 장영아의 맞은편에 털썩 주저앉았다.

"무슨 일인데 데스크에서 정보가 나와?"

"그, 우리 정부에서 출소자들에 대한 주택을 지원하잖아."

"아? 그거? 그거야 알지."

그 말에 소주영은 고개를 끄덕거렸다.

물론 장영아는 자신이 그곳에 살고 싶어 한다는 말은 하지 않았다.

아무리 소주영이 자기와 친하다고 해도 기자는 기자. 자기가 범죄를 저지르는 걸 알면 어떻게 변할지 모른다.

아니, 최소한 자기와 친할 때는 입 다물고 있겠지만 사이가 틀어지거나 하면 가차 없이 터트릴 거다. 그게 기자들의 방식이니까.

"그거, 지역에서 난리야."

"지역에서 난리라니?"

"지역이기주의가 너무 심해. 반대가 너무 심해서 도무지 진행을 못 하겠어."

장영아는 그렇게 말하면서 속으로 미소 지었다.

'멍청한 기자 놈들, 호호호.'

기자들은 이런 거에 대해 자기들이 아주 깨어 있다고 생각한다. 그래서 이런 걸 알려 주면 지역이기주의 운운하면서 해당 지역의 주민들을 아주 가열하게 공격할 거다.

그리고 그런 경우 국민들의 대다수는 지역민들을 욕하고 공격한다. 왜냐하면 범죄자가 내 집 옆으로 이사하는 건 안 되지만 남의 집 옆으로 이사하는 건 상관없으니까.

그런 경우 국민들은 언론에서 나쁘다고 소위 말하는 좌표를 찍어 준 대상을 다 함께 물어뜯으면서 자신들의 선민의식을 채우려고 한다는 걸 장영아는 알고 있었다.

"어머, 언니? 그런 일이 있었으면 나한테 말했어야지. 왜 진즉에 그걸 말 안 했어?"

"지역민들하고 함께 어우러져야 하는데 그걸 말하면 그렇잖니. 싸우자는 것도 아니고."

"아니, 그건 아니지. 그렇잖아. 우리가 뭐라고 해도 그쪽에서 싸우자고 덤비는데 그건 아니지."

"그거야 그런데……."

"하여간 언니는 너무 물렁하다니까. 사회운동 하려면 악하고 깡이 있어야 한다는 거 몰라?"

"미안."

"언니, 나만 믿어서 아주 철저하게 까발려서 제대로 까 줄게."

"고마워, 동생. 내가 이러고 산다."

"고맙긴 뭘, 호호호."

소주영이 마치 이미 이긴 것처럼 웃자 장영아 역시 웃었다. 하지만 그 미소의 의미는 완전히 달랐다.

소주영은 간만에 트래픽 좀 뽑아낼 만한 이슈가 될 만한 특종거리를 얻었다는 생각에 웃고 있었고, 장영아는 언론을 등에 업고 저 가증스러운 주민들을 조질 수 있다는 생각에 웃고 있었다.

"호호호."

"호호호."

그렇게 두 사람은 각자의 본심을 숨긴 채로 서로를 바라보면서 즐겁게 웃었다.

⚖️

얼마 후 소주영은 단독 타이틀을 걸고 신문기사를 올렸다.

(단독)한국의 지역이기주의의 이면, 한국은 어디까지 추락할 것인가?

마치 추적 기사나 탐문 기사처럼 작성된 기사였지만 면밀
히 살펴보면 아주 교묘하게 안행동의 주민들을 후안무치한
지역이기주의에 빠진 준범죄자 수준으로 묘사하고 있었다.
"와, 지역 주민들이 이걸 보면 어이없겠네."
서세영은 어이없다는 듯 혀를 끌끌 찼다.
"아니, 어떻게 이런 생각을 하지?"
"선민의식이지."
"선민의식?"
"기자들의 절대다수는 자기들이 우월하다고 생각하거든."
그렇기에 사회적으로 올바르기만 하면 지역민들이 희생하
는 것에 대해 개의치 않는다.
"물론 때때로 누군가는 희생해야 하지."
이 세상은 누군가의 희생 없이 굴러가지 않는 구조다. 당
장 군대만 해도 20대 장병들의 희생으로 굴러가지 않는가?

이것이 법이다

만일 그들이 진짜로 안 간다면?

아마 대한민국 국민들은 '김정은 수령 동지 만세!'를 외치거나 '샹량펑 동지 만세!'를 외치면서 비참하게 살아가고 있을 거다.

미국이 도와준다?

아니다. 미국은 절대 안 도와준다.

미국은 지난 수십 년간 수많은 전쟁을 겪으면서 배운 게 있다. 스스로 지킬 의지가 없다면 뭔 짓을 해도 의미가 없다는 것 말이다.

지금 그들이 우크라이나를 도와주는 건 단순히 러시아를 견제하기 위함도 있지만 우크라이나가 끝까지 저항하기 때문이다.

아프가니스탄이나 남베트남처럼 부패로 자신들의 지원을 죄다 팔아먹는 상태였다면 아마 미국도 이미 오래전에 발을 뺐을 거다.

"그런데 이 경우는 좀 다르지 않아?"

누군가는 희생해서 살아야 하는 것과 별개로 이 이면은 희생이 아닌 이권의 문제다.

"그러니까 내가 트로이 목마라고 하는 거야."

"그러고 보니 오빠가 그 이유를 말을 안 해 줬네?"

분명 트로이 목마를 보낸다고 했다. 심지어 목마는 자기가 목마라는 것도 모른다고 했다.

"네가 만일 기자고 이 사건을 접했다고 치자. 그러면 어떻게 쓸래?"

"최대한 객관적이고 중립적으로 쓰려고 하겠지?"

"그런데 그 관련자가 너랑 아주 잘 알고 친한 사람이면?"

"어? 그거야……."

그 말에 고민하기 시작하는 서세영.

사실 그럴 만했다. 누구도 그 상황에서 섣불리 '그래도 중립적으로 쓴다.'라고는 말을 못 할 테니까.

"와, 애매하네."

진실을 알릴 것이냐, 아니면 양심을 팔 것이냐.

더군다나 이 진실이라는 것도 진짜 애매하다.

"장영아가 정부 예산을 빼돌린다는 의심은 안 하고 있는 거라면 현실적으로 팔이 안으로 굽는 건 어쩔 수가 없겠구나."

"그래, 그게 현실적이지."

그리고 그런 경우, 기자들이 사회적 정의보다는 인맥을 우선시하는 건 당연하다. 사회적 정의는 자기 배를 채워 주지 않지만 인맥은 자기 배를 채워 주니까.

"그러면 오빠는 이렇게 될 걸 알고 있었다는 거야?"

"정확하게는 이렇게 되도록 유도한 거지."

새벽일보에 연락해서 기자를 보내도록 하는 건 어렵지 않다. 그리고 그 기자를 장영아와 친한 기자로 특정하는 것도 어렵지 않았다.

그렇게 소주영은 취재하러 갔고, 그곳에서 장영아의 말을 듣고는 검증이나 확인을 거치지 않고 그대로 기사화한 것.

심지어 아주 미묘하게 기사를 써서 다른 사람이 보기에는 소주영이 추적 탐사 보도를 한 것 같았다.

"검증도 안 한다고?"

"한국 언론에서 검증은 사라진 지 오래야. 기사화되는 거에서 검증되는 건 1%도 안 될걸."

이슈가 될 것 같으면 인터넷에 있는 출처조차도 명확하지 않은 소문을 기사화하는 게 현재 언론사다.

"그 유명한 실험 몰라?"

"무슨 실험?"

"재벌 4세 의사의 요리사 도전기."

"엥 그게 뭐야?"

"하긴, 기자들이 그걸 기를 쓰고 삭제하고 보도 안 했으니 도리어 유명해지지 않았지."

모 프로그램에서 재미있는 실험을 했다.

아예 한국어를 할 줄 모르는 프랑스의 재벌 4세가 자신의 꿈을 위해 본래 직업인 의사를 포기하고 유명 요리 학교 두 곳을 수석 졸업한 후에 한국에서 식당을 열었다는 설정으로 언론사에 제보하고 기사를 돌린 것.

그 결과는? 황당하게도 한국의 모든 언론사들이 그걸 검증도 하지 않고 그대로 받아썼다.

"심지어 그 과정에서 그 누구도 인터넷 검색도 안 했더란다."

프랑스의 재벌 4세라고 밝혔으니 인터넷에서 해당 기업의 이름을 찾아보기만 해도 가짜라는 것을 알 수 있었을 거다.

하지만 그걸 검색조차 안 해서 일차적으로 검증에 실패했고, 의사 출신이라는 점도 확인하지 않아 다시 한번 검증에 실패했으며, 두 개의 요리 학교도 확인하지 않아 또다시 수석 졸업했다는 점도 검증에 실패했다.

심지어 그 두 요리 학교도 연도가 안 맞게 설정되어 있었다.

해당 요리 학교는 조금만 검색하면 4년제라는 걸 알 수 있는데, 그 두 곳에서 수석 졸업한 연도가 2년의 차이를 뒀기에 최소한의 인터넷 검색만 했어도 거를 수 있었다.

하지만 검증 없이 그대로 받아썼기에 검증에 실패했고 결국 전국 수십 곳의 언론사에서 잘못된 기사가 퍼져 나갔다.

"헐, 그런 일이 있었어? 난 왜 몰랐지?"

"자기 얼굴에 똥칠하는 건데 그걸 언론사가 알려 주겠냐?"

"끄응."

"중요한 건 그거지. '검증 없이 옮겨 적었다.'"

그리고 그 바람에 안행동 사람들이 졸지에 거의 악마나 마귀 그리고 사탄 수준으로 매도당하고 있다는 것.

"그런데 그렇다 한들 뭐가 달라지는 건데? 여론을 보니까 거의 장영아 측에 유리하게 굴러가는데?"

물론 그런 목적으로 쓰인 기사니 당연한 거다.

"그렇지. 지금 이 순간은 감정적으로 대응하는 사람들이 우선일 테니까."

"그런데?"

"그런데 감정적으로 대응할 때 누군가가 이성적으로 지적하면 어떻겠어?"

"응? 이성적인 대응?"

노형진은 핸드폰을 툭툭 치면서 말했다.

"안행동이잖아, 안행동. 과천에서 가장 비싼 동네. 그곳에서 출소한 범죄자들이 뭘 하겠어?"

"어? 맞다. 그러네. 오빠가 분명 그 문제를 지적했었지?"

"그래."

안행동에서 갓 출소한 범죄자들은 할 수 있는 게 없다. 하려고 해도 시켜 주지도 않을 거다.

"이걸 이성적으로 지적하기 시작하면 그때는 역으로 곤란해지는 건 감성적으로 공격한 쪽이거든."

"오호!"

실제로 그렇다. 감성적인 공격은 사람들에게 관심을 받거나 이슈화되기 쉬운 게 사실이다. 하지만 그게 이성과 팩트로 공격당하게 되면 그 순간부터는 역풍이 엄청나게 부는 부작용도 있다.

"오죽하면 인터넷에서 뭔가 이슈만 되면 달리는 댓글이 일단은 곰돌이 배 만지기라고 하겠어?"

누가 잘못했는지 아직 알 수 없으니까 일단은 중립을 지키자. 요즘은 인터넷에 그런 분위기가 제법 조성되었다.

"그리고 말이야, 이거 봐 봐. 누가 선빵을 날렸지?"

"응?"

"이거 말이야. 이걸 이슈화한 게 누구냐는 거지."

정부도 아니고 안행동도 아니다. 누가 봐도 장영아와 한인총에서 선빵을 친 거다.

"그렇지?"

"그러면 정부에서는 뭐라고 하겠어?"

"두 가지…… 아하. 오빠가 노린 게 그거였구나."

"맞아."

정부는 여론의 영향을 받아서 그 행동을 결정할 거다.

만일 안행동의 행동이 진짜로 지역이기주의라면 일단 좋게 이야기하면서 서로 합의점을 찾으라고 슬쩍 발을 뺄 거다.

정부 입장에서는 이런 문제에 끼어들기가 애매하니까.

"하지만 여론이 반대라면 이야기가 달라지지."

여론이 '왜 하필 안행동인가? 왜 하필 부자 동네인가?'로 넘어가기 시작하면 감사를 하든 뭘 하든 왜 굳이 거기여야 하는지에 대해 조사할 수밖에 없다.

"정부에서 감사한다면 과연 어떤 이야기가 나올 것 같아?"

"한인총에서 감추고 싶어 하는 게 드러나겠지."

"정답."

"헐. 그래서 트로이 목마라고 하는 거구나."

장영아와 한인총은 아마도 여론을 통해 안행동을 공격한 거라 믿고 있겠지만 그 자체가 바로 함정이었다.

스스로 비리를 공개할 수밖에 없게 만드는 함정.

"트로이 목마가 열렸으니 이제 영혼을 털어 보자고, 후후후."

다음 권으로 이어집니다

꿈의 도약, 로크에서 하십시오
(주)로크미디어에서 신인 작가를 모십니다

즐거운 세상, 로크미디어는 꿈을 사랑하고 도전을 두려워하지 않는 작가 분들의 참신한 작품을 기다리고 있습니다. 21세기 장르 문학계를 이끌어 갈 차세대 선두 주자 (주)로크미디어에서 여러분의 나래를 활짝 펴 보시길 바랍니다.

모집 분야 판타지와 무협을 포함한 장르 문학
모집 대상 아마추어 작가, 인터넷 작가
모집 기한 수시 모집
작품 접수 시 유의 사항
1. 파일명은 작가명_작품명.hwp형식을 갖춰 주십시오.
1. 파일에 들어갈 내용은 다음과 같습니다.
    − 성명(필명인 경우 실명을 밝혀 주세요), 연락처, 이메일 주소
    − 제목, 기획 의도
    − A4용지 1장 분량의 등장인물 소개
    − A4용지 2장 분량의 전체 줄거리
    − 본문
1. 작품이 인터넷에 연재되고 있다면, 게시판명과 사이트의 구체적이고 정확한 주소를 기재해 주십시오.

선택된 작품은 정식 계약 후 출판물로 간행되어 전국 서점에 유통됩니다.
작가 분은 (주)로크미디어의 전폭적인 지원하에 전속 작가로 활동하시게 됩니다.
※ 자세한 내용은 로크미디어 홈페이지(rokmedia.com)를 참조하세요.

(04167)서울시 마포구 마포대로 45 일진빌딩 6층
(주)로크미디어 편집부 신간 기획 담당자 앞
전화 : 02) 3273 - 5135
www.rokmedia.com   이메일 : rokmedia@empas.com